Lobo

Lobo
Mónica Rojas

Primera edición: Producciones Sin Sentido Común, 2022

D.R. © 2022, Producciones Sin Sentido Común, S.A. de C.V.
    Pleamares 54
    colonia Las Águilas
    01710, Ciudad de México

Textos © Mónica Rojas Rubín
Ilustración de portada © Edna Suzana

ISBN: 978-607-8756-83-4

Impreso en México

La publicación de esta obra fue posible gracias al apoyo
de Daimler México, S.A. de C.V., Daimler Financial Services y
Freightliner México.

Edición y Publicación de Obra Literaria Nacional realizada
con el Estímulo Fiscal del artículo 190 de la LISR (EFIARTES).

LOBO
Mónica Rojas

NOS
TRA
EDICIONES

Al miedo,
por todo lo que me ha obligado a enfrentar y a escribir.

Hay instintos más profundos que la razón
Arthur Conan Doyle

1

Fue a sus casi quince años cuando Guadalupe Quezada supo que sus puños eran letales.

Antes de hacer lo que hizo, su corazón palpitaba impetuoso, bombeando la sangre a los ojos que cada vez se le aguzaban más, como los de un felino. En medio de los arbustos y la llovizna observaba los pasos de un hombre corpulento y esperaba el momento indicado, no como lo hubiera planeado un asesino de oficio, sino haciendo caso al instinto susurrante que se albergaba dentro de él —quizás en sus entrañas— como si tuviera vida propia, tal como lo hubiera sentido una mujer preñada por el diablo. "No, todavía no, aguarda hasta que baje las escaleras, distraído, ensimismado en sus maldades y maquinando las de mañana. Sí, así, péscalo cuando esculque su bolsillo en busca de las llaves del coche silbando su canción sosa".

El gordo José Luis, que nada sabía de francés, silbaba la "Alouette".

"¡Ahora!", bramó el instinto que lo mantenía tenso de furia y Lupe le respondió saltando de entre las sombras con sus puños cerrados como única arma. Así derribó al gordo José Luis, quien no supo cómo cayó al suelo. Le asestó un golpe en la cabeza y enseguida lo pateó hasta que él mismo sintió dolor en sus pies, protegidos por unos zapatos blandos de viejos, nada más.

La noción del tiempo se disipó en la sangre que salpicaba entre golpe y golpe, como si fueran las chispas de una soldadura. Ambos querían que eso se acabara pronto. El gordo berreaba cacofonías: "¡Ahhhhg! ¡Ay! ¡Ugh!", en tanto que el instinto de Lupe exclamaba impetuoso: "¡Ya muérete! Ahora sí ni las manos metes, ¿verdad?, ahora sí valiste madre. A ver, hijo de la chingada, a ver a quién le cuentas quién fue el que te mató".

José Luis pudo ver directamente al joven verdugo que lo había montado aprisionándole el bofo cuerpo con sus piernas flacas, pero recias. Las pupilas se le desorbitaron tras los impactos que le zarandeaban las mejillas de izquierda a derecha. Hizo un último intento por detener los puños que lo atolondraban. No lo logró. Lupe siguió castigándolo, "¿por qué no te quieres morir?", refunfuñaba mientras apretaba con sus pulgares la manzana de Adán de su víctima. Su instinto le aplaudía, lo vanagloriaba animándolo a continuar, "¡ya mero, ya mero!". Por fin, el alma que tenía apresada bajo su cuerpo se escapó; pudo sentir el momento justo, cuando la barriga de José Luis dejó de moverse y su cabeza, quebrada como una cazuela azotada contra el suelo, cayó hacia su lado derecho para quedarse inerte. Ahora sólo quedaba rematarlo, como hace el torero frente al animal ensangrentado. Para eso tomó una piedra y se la dejó caer en el cráneo. No le falló el tino.

La llovizna se hizo lluvia y la lluvia, aguacero. Lupe cargó su mochila, su caja de bolero y se perdió entre la densa cortina transparente. "Debes tener cuidado, camina con normalidad para que la gente no te mire raro. No te aceleres, no corras. Tranquilo, así, más despacio. Hazte el borracho, por acá hay tantos que uno más pasará desapercibido". ¡Qué carajo hice! "Se lo tenía merecido y lo sabes". Me duele, me duele mucho. "Y mañana te dolerá más, cuando veas y sientas con claridad. Pero no hay nada que puedas hacer. Ya estamos llegando, date prisa y actúa como si nada te doliera".

2

Con el pretexto de mover los frijoles para que no se quemaran, Diana esperaba a su hermano frente a la ventana de la cocina que daba a la calle. La luz de la casa y la oscuridad exterior transformaron la ventana en un espejo borroso, empañado por la lluvia, en el que observaba su figura imprecisa que bien podía ser la de una joven de dieciséis años con manos de anciana o la de una anciana con ojos de niña.

Junto a su propio reflejo, distorsionado por las gotas de agua que resbalaban por el vidrio, distinguía la presencia imaginaria del miedo que desde niña la acompañaba a todas partes porque de ella se alimentaba. A veces se le aparecía en forma de sombra, otras en forma de hombre. El miedo se alimentaba de ella, se deleitaba con el sabor de su endeble existencia y gozaba sofocándola al menor indicio de rebeldía, al mínimo intento de largarse y mandar todo al carajo. En sus momentos de mayor angustia hasta la conminaba a rezar divertido con su juego sádico: "resignación, aguanta y espera a que el Padre Nuestro de todas las noches surta efecto un día de estos, Dianita".

Haciendo un inmenso esfuerzo para ignorar al miedo, siguió meneando la pala de madera en la olla de peltre cuando el chirrido de la puerta oxidada la apartó de la ventana espejo para voltear hacia Lupe, que entraba con la ropa empapada y la mirada torva.

Su madre ni se inmutó ante la llegada del hijo que no tenía por qué estar fuera a deshoras. Aferrada como siempre a una botella de licor, lloraba por el marido que la había abandonado con todo y sus dos hijos por ir en busca de nuevas oportunidades a Estados Unidos. Con esa eran ya más de doscientas las noches que lo esperaba al menos en forma de llamada telefónica, de carta o en la voz de algún conocido que le diera noticias de su paradero, y nada. Por eso no cesaba de imaginar historias que iban desde la muerte de su esposo hasta el enamoramiento de alguna mujer de pelo güero, "pinches gringas, son unas putas", gemía entre improperios.

Ignorando esa voz de su madre, que parecían muchas voces, Lupe tomó a su hermana del hombro, "ya no te va a molestar", le dijo y se fue a su recámara. Diana fijó la vista donde su hermano la había sostenido y observó que en su blusa escolar había quedado impregnada una huella de lluvia mezclada con sangre. Entonces sí, con el dolor de imaginar lo sucedido, sintió cómo se le alaciaba el cuerpo y lloró lágrimas de culpabilidad hasta que se le secó la garganta. La madre, en su borrachera, pensó que Diana compartía la pena de haber perdido a su padre: "Llora, mija, hasta que nos escuche el cabrón de tu padre, a ver si así se le ocurre regresar".

Lupe se encerró para desoír los chillidos que parecían provenir de dos velorios distintos. Se quitó la playera que tenía adherida al cuerpo por el aguacero y se puso de pie frente al espejo intentando escudriñarse la espalda. Se dio cuenta de que tenía un golpe verdoso y punzante: a eso se reducía lo quedaba de José Luis en este mundo.

En medio del aturdimiento provocado por la adrenalina, se bañó sin prisas para descansar el cuerpo y pensar en el crimen. No se atrevió a cerrar los ojos por el miedo absurdo de que al abrirlos alguien le estuviera apuntando con una pistola. Repasó la escena, aparentemente vacía, meditando en la posibilidad de que hubieran cámaras de vigilancia o algún chismoso. ¿Cuántos años pasaría en la correccional? "Aunque sean muchos, no te vas a rajar", le respondió el instinto. Lupe asintió con resignación sobre actuada.

Las inflamadas articulaciones de su mano derecha le palpitaban como si tuviera el corazón de José Luis apretado en el puño. Sus muñecas estaban tumefactas y tenía raspados los dedos y las palmas. Para curarse, se sobó con vigor e improvisó una venda con un calcetín roído. Luego se metió entre las cobijas esperando que las horas la hicieran de analgésico.

El agotamiento y la madrugada silenciaron a su madre que se había quedado dormida de borracha en el sofá. Diana seguía despierta, arrinconada junto a la estufa como un ratón. "¿Por qué se enteró, por qué se enteró…?", repetía como si estuviera rezando el Santo Rosario.

Desde que su padre se fue al otro lado, los hermanos trabajaban en lo que podían para sostenerse. La madre lavaba ropa ajena cuando la sobriedad se lo permitía, en tanto que Lupe cargaba bultos en los mercados y boleaba zapatos en las plazas de Tijuana. Una vecina les hizo el favor de recomendar a Diana, que tenía dieciséis años, en el área de intendencia de una empresa de textiles y fue ahí donde José Luis, el subdirector, se fijó en ella ostensiblemente. Diana se culpaba por ser poseedora de una silueta escuálida y una mente retraída: "soy buena víctima", aunque en realidad lo que había atraído al gordo eran sus ojos grandes, aturdidos como los de un conejo perseguido, que imaginaba ahogados en llanto en medio de sus excitaciones.

Primero, intentó acercársele hablando sobre el clima, preguntándole por la escuela, sus amigos y la familia. Ella siempre respondía con monosílabas temblorosas y él se cansó de la muchacha a la que creía retardada. Por eso se le hizo fácil acortar las distancias de tajo y cogió por la fuerza el cuerpo que apenas iba tomando forma de mujer.

El abuso se hizo costumbre. Siempre que iba a limpiar la oficina de José Luis, este la sometía con amenazas para romperle la ropa interior y tronarle los huesos de las ingles. Con los gritos hundidos en las palmas de las gruesas manos que le tapaban la boca, Diana era partida en dos. El violador disfrutaba más cuando sentía sus manos mojadas, pero después de ocho vejaciones ella dejó de llorar, entonces la golpeó en el acto para volver a sentir la humedad que tanto le excitaba.

Fue en la tarde cuando Lupe vio el moretón, verde de fresco, en el pómulo de su hermana. Ella le explicó que se había pegado con un escritorio al resbalarse, pero no le creyó. El asunto se atoró en la mandíbula de Lupe, quien mantenía la mirada inamovible del rostro de su hermana cuando esta hacía la tarea.

—Deja de verme así, me pones nerviosa. Me voy a equivocar.

Y se equivocó. Con el pulso torpe, sacó un bolígrafo de su lapicera arrastrando al exterior una caja de pastillas anticonceptivas.

—¿Qué carajo es esto? —la reprendió en voz baja.

—Por favor, no te enojes conmigo, no soy mala —susurró Diana mientras le arrebataba el paquete de pastillas.

—¡No me has contestado! ¿Qué carajo es esto?

—¡Shhh! Estás subiendo la voz, ahí está mamá.

—Esa no cuenta, siempre está peda. Mírala —señaló con un movimiento de cabeza a la mujer extraviada en las telenovelas sosteniendo un vaso con mezcal—. Ahora sí me vas a decir la verdad, pendeja. Qué te pasó en el cachete.

—Hermano, yo…

—¿Ya andas cogiendo? ¿Y encima te golpea el hijo de la chingada?

—¡No!, bueno… es que…

—¿Quién es?

Ella se sintió acorralada y la necesidad de liberar su cuerpo de los dolores que la acongojaba terminó por sobrepasarla. Se atrevió a contarle a su hermano lo que ocurría en la textilera desde que había entrado a trabajar. Le dijo también que las pastillas eran un "regalo" del señor José Luis, "para que no quedara panzona".

—Me dijo que me fuera acostumbrando.

—¿Y ya te acostumbraste? —preguntó sin delicadeza.

—No… cómo crees.

—Pinche Diana, por qué sigues yendo.

—Yo les dije que ya no quería ir, ¿te acuerdas? Cuando fuimos al mercado y me dijo mi mamá que me jodiera, que ni hablar de eso porque don José Luis ya había prometido que me subiría el sueldo.

—No dijiste nada de lo que te hacía —alegó con la respiración acelerada.

—¡Cómo crees! Si el señor es muy poderoso, tiene muchas influencias, dicen que hasta es narco —cuchicheó—. Con esa gente uno no se mete.

—Pues sí, pero… ¡Maldita pobreza! ¡Y que se vaya a la chingada el padre que nos dejó con toda esta carga!

La ausencia del padre se hizo presente. Su densidad asfixiaba como el humo que expulsan los camiones.

—No lo maldigas, resígnate. Mira, te prometo que en cuanto pueda me cambio de trabajo. Ya no lloro, ¿ves? No tengo nada. Ni me duele tanto —dijo tocándose el moretón inflamado—. Mamá está muy triste, apenas y puede con sus penas. Voy a evitar que pase otra vez, ya veré cómo, pero entiende que no podemos decir ni hacer nada más. El señor me lo advirtió, me dijo que pobre de mí y de mi familia si decía algo o renunciaba. Sabe dónde vivimos. Aunque dejara de ir me encontraría. Lupe, escúchame y veme a los ojos: es la vida que nos tocó vivir. Mejor recemos juntos para que el Padre Nuestro nos escuche.

El miedo, que se asomaba burlón a través de la voz de su hermana, penetró sus oídos y le contaminó la sangre. Le dieron ganas de golpear, de morder, de arañar, de gritar. Rabia, eso era lo que sentía contra la vida que corría entre las paredes resquebrajadas y el techo agujerado de la casa donde la presencia materna se limitaba a un bulto que, cuando no estaba llorando, estaba frente al televisor como si ya no esperara más que la muerte. Rabia contra el gordo de sonrisa cínica que se paseaba por las colonias pobres de Tijuana en el Día de Reyes para regalar juguetes a los niños sin zapatos que perseguían su camioneta estirando sus manos mugrosas. Rabia contra aquel padre que seguramente ya tenía otra familia y se había olvidado de dos niños que sobrevivían entre la podredumbre.

Encabronado y ansioso de vengar a su hermana, desquitándose así de la realidad que desde que nació lo tenía sometido, se levantó de la mesa impulsado por una fuerza que le apretaba el estómago y le dificultaba la respiración.

—Esta chingadera aquí se termina —amenazó dando una fuerte palmada a la mesa.

—¡Hijos, qué pasa! —intervino la madre intentando sostener la voz adormilada por el licor.

Ninguno respondió. Ella tampoco volvió a preguntar.

Eran las siete y media de la tarde cuando Lupe tomó su caja de bolero y salió rumbo a la zona textilera de Tijuana.

3

Cuando Aníbal Palermo se enteró de que su padre era argentino, los tangos, Libertad Lamarque y el sueño eterno de visitar Buenos Aires transformaron hasta su manera de hablar.

Su madre, Teresa Fuentes, fue bailarina de un cabaret de mediana categoría en la ciudad de Mexicali. Allí había conocido al otro Aníbal, de quien no supo ni el apellido, pero que era dueño de unos ojos azules y un aire soberbio que la llevaron a su cama de a gratis durante muchas noches.

Un par de años después del primer encuentro, el argentino le dijo que tenía que irse a Tijuana porque la policía lo estaba buscando. Le confesó que había cometido varios crímenes a mano armada disque por necesidad, pero que ansiaba cambiar de vida y si era a su lado, mucho mejor. No fue difícil convencerla. Lo siguió llevando como equipaje algo de dinero, un par de prendas y el basto amor que apenas y cabía en la maleta. Abordaron el autobús. Durante el trayecto él, con la mirada fija en las ventanillas, se la pasaba sacudiendo las piernas intempestivamente. Teresa le besaba las manos para calmar sus ansias.

Llegando a la estación de autobuses de Tijuana, Aníbal se encontró con cuatro rostros conocidos que aguardaban alertas a bordo de un automóvil rojo. Se acercó al vehículo para hablar con el copiloto. Aún tenía su mano entrelazada a la de la bailarina. Los otros tres pasajeros la observaban de reojo y comentaban con cuchicheos y mímica de los riesgos y las ventajas de dejarla subir. Teresa los veía con ingenua suspicacia tratando de adivinar qué harían con ella.

Aníbal la soltó. Su mirada era otra.

—Che, mirá. Tengo que ir con ellos a preparar el lugar donde vamos a quedarnos.

—¿Y por qué no voy contigo de una vez?

—No… no entramos y es peligroso. Vos no entendés de estas cosas. Esperá aquí.

—Tengo miedo, mi amor. Puedo tomar un taxi para irlos siguiendo.

—¡Pero es que así me ponés en peligro! —alegó ansioso.

—¿Cuánto vas a tardar? —preguntó resignada a la voluntad de su amante.

—Una, dos horas, por ahí. No sé, amor. Tomá un café en ese localito mientras. Te prometo que vuelvo.

—Está bien. Te doy la bendición.

Fue la última vez que Teresa vio al argentino.

Lo esperó caminando en círculos por la estación hasta que el sueño la derribó en una banca. Sin la posibilidad de pedir ayuda por temor a delatarlo, guardó silencio y, en ese silencio, lloriqueó hasta que sus piernas sintieron el calor del sol de la mañana.

Perdida en las calles de Tijuana, Teresa pagó un par de noches en un hotel barato donde los vómitos y la ausencia de su regla le dieron los primeros avisos de una preñez inesperada. "No va a volver. Tal vez porque no quiere o quizá ya me lo mataron, eso qué más da. ¿Y yo qué hago? En Mexicali todos me conocen como la puta que he sido por años. Con qué cara podría darle a mi hijo una vida distinta. Mejor me quedo aquí. Las cosas pasan por algo, sí, por algo. ¡Vaya frase choteada! Yo que pensaba en el sexo como negocio me entregué al amor, di mi vida entera y cambié todo por esto que ha de ser mucho, si Dios quiere. Aquí en Tijuana seré la mujer decente y la madre abnegada de las películas en blanco y negro. Cómo me hubiera gustado ser Libertad Lamarque con sus ojos tristes y dignos, tan bondadosa, tan elegante, tan señora. Quizá todavía estoy a tiempo de ser como Libertad aquí en Tijuana, tierra prometida… adiós, Mexicali, *adiós, muchachos compañeros de mi vida*".

Motivada por la noticia que no pudo compartir con ningún ser querido, Teresa buscó oficios decorosos para sostener al bebé a quien no dudó en llamar Aníbal. Así lo registró: Aníbal Fuentes, hijo de madre soltera. El apellido Palermo vino después y de puro dicho, porque cuando vio la película *Soledad*, se fascinó con el nombre de la protagonista, Cristina Palermo.

De vez en cuando, Teresa iba con su hijo en brazos a pasearse por la estación de autobuses con la esperanza de volver a ver los ojos azules que tanto amaba. Tuvieron que pasar muchos meses para que sus ilusiones se extinguieran por completo y aceptó su destino de una buena vez, pensando de nuevo que por algo pasaban las cosas. Por eso, después de un tiempo limpiando casas y trabajando en una lavandería, regresó a los prostíbulos para reencontrarse con el sexo como negocio. Encontró un buen empleo en un congal de la calle Coahuila. La patrona, compadecida por su situación, le dio la oportunidad de tener a su hijo en el camerino: un cuartucho húmedo provisto de espejos, focos tristes y mesas despintadas que hacían las veces de tocadores donde reposaban cosméticos baratos y perfumes de lavanda. Las colegas de Teresa, entusiasmadas con la rechoncha criaturita de ojos claros, colgaron una hamaca y con unas cajas de cartón improvisaron una cuna. "Eso sí. Si el chamaco va a estar aquí ustedes le echan ojo porque yo no me hago responsable de lo que pueda pasarle entre tanto borracho loco. Mucho cuidado, sobre todo de los gringos", les advirtió la patrona.

El pequeño Aníbal creció. Vivir entre mujeres de maquillaje espeso y ropa escasa se le hizo cosa normal; no le complicaba la existencia saberse sin padre y tampoco descubrir a su madre sentada en las piernas de algún cliente a media luz cuando esta se descuidaba.

—¡Te he dicho que tienes que estar dormido a estas horas! —lo reprendía Teresa con tenura disfrazada de enojo.

Quizá por esos episodios la curiosidad se le despertó muy temprano y sintió ganas de descubrir el sexo tocándose mientras husmeaba por el local a altas horas de la noche. Una colega cuarentona lo atrapó fisgoneando y entre sus piernas perdió la virginidad a los doce años.

Teresa nunca tuvo novio, sin embargo, cuando las luces del prostíbulo se apagaban, le dio por recibir con más frecuencia la visita de un argentino de rostro afilado, tatuado y con los ojos negros, muy diferentes a los de su Aníbal.

—¿Algún día se quedará a vivir con nosotros, mamá?

—Podría decirte que sí, pero no quiero engañarte, cariño.

—Ya es casado, ¿verdad?

—Sí.

—¿Y por qué tú nunca te casaste?

—Pues… quise mucho a tu padre y lo esperé por tanto tiempo que se me fue la vida, supongo.

—Mamá, en la escuela alguien me dijo que las mujeres que trabajan como tú no pueden tener esposo y le rompí la boca antes de que terminara de hablar.

—No lo vuelvas a hacer. No vale la pena.

—Yo no sé nada de mi papá, ¿quién era él?

Sentada a la orilla de la cama de su hijo, soltó las lágrimas como si las hubiera tenido atoradas en la garganta por muchos años.

—Tranquila. Si quieres, no te lo volveré a preguntar.

—Perdona, hijo. Es que me pongo sentimental.

—Si no puedes vivir con nuestro amigo, ¿por qué lo sigues recibiendo?

—No sé, no sé…

Aníbal sabía la respuesta, pero quería escucharla salir de la boca de su madre, como los niños precoces cuando preguntan insistentes sobre la verdadera identidad de los Reyes Magos. Comprendía que la compañía del argentino era un remedio para su corazón vacío por tanto sexo y tan poca intimidad. Las horas que pasaba con él eran un recordatorio de que aún le quedaba algo de su capacidad de querer y eso para ella era hermoso, pues lo entendía como un tributo a la memoria de un gran amor.

—¿Estás enamorada de él?

—No. Yo sólo amé a tu padre.

—Algún día yo me voy a enamorar, mamá —dijo después de un breve silencio.

—Claro que sí y tendrás hijos.

—¡Y un perro!

—Al perro y a la esposa los puedes elegir, a los hijos no. Tienes que ser inteligente, fíjate bien: que esté muy lejos de todo esto, que no sea ni muy bonita, ni muy inteligente. Así tendrás menos problemas.

Y me lo dices tú, mamá, que eres la más santa de todas las putas. Hubiera querido decirle y besarle los pies, porque puta no es una mala palabra. Las malas son otras, no ella que en el oficio mismo halló la manera de limpiar sus pecados. "Bendita tú entre todos los borrachos, bendita entre las copas, bendito tu cuerpo de mujer porque con él me pariste y me alimentaste".

—Ni muy bonita… ni muy inteligente.

—*No la busques dijo muy bonita porque al paso del tiempo se le quita, busca amor, nada más que amor…* —Le cantó Teresa arropándolo como si estuviera en la cuna.

Tuvieron que pasar años para que Teresa se armara de fuerzas y le contara a su hijo de todo lo que pasó en su otra vida, en la lejana Mexicali.

4

LAS HORAS TRANSCURRÍAN y la madrugada no surtía su efecto somnífero ni analgésico. Acostado en su cama, Lupe insistía en repasar la escena. Volvió a escuchar los chillidos de su víctima, semejantes a los de un marrano en catastro. Recreó el suceso, primero desde su perspectiva, luego desde la del gordo José Luis y después, como si sus ojos fueran los de un testigo oculto. Pero aunque ya había meditado en el acto muchas veces, y en cada una recordaba más detalles —unos muy morbosos, como los ojos del gordo en blanco, la sensación de sus puños golpeando el corpulento tórax, las punzadas que sintió en sus pies cuando le propinó la patiza—, se le despertó la incertidumbre de que estuviera muerto a pesar de que le había estrellado una piedra en la cabeza.

Tal vez sólo estaba atolondrado.

Tal vez lo identificó.

O tal vez irá hasta su cama a jalarle las patas.

En esas andaba cuando el azotón de una portezuela le paralizó el cuerpo subiéndole de nuevo toda la sangre a la cabeza. Algunas voces se confundían en la calle y, como el niño que a veces era, instintivamente tomó la cobija y se cubrió el rostro, como quien teme al coco. "Es narco", recordó la advertencia de su hermana. El tiempo estaba suspendido en el aire como si estuviera atado a un globo de helio. Perdió la noción del lapso en que escuchó las voces, a veces lejos y otras cerca, de los hombres que seguramente estaban ahí para cazarlo, como él hizo con el gordo unas horas atrás.

Su respiración se oía con más vehemencia debajo de la cobija.

Tuc, tuc, tuc, su corazón latía tan fuerte que Lupe sentía que rebotaba en los resortes del catre.

Aquellos ruidos sin compás le impidieron oír con claridad la conversación de los hombres de afuera. "¡Ya, carajo! Que nos caigan de una vez, que esto es más insoportable".

Unas pisadas apresuradas, el par de portezuelas se cerraron y el automóvil por fin arrancó.

Transcurrieron algunos minutos y Lupe no volvió a escuchar nada más que su propio aliento, que ganaba lugar frente a sus palpitaciones que poco a poco se apaciguaban. El instinto lo alertó: "¡Aguas! Posiblemente alguien espera afuera para subirte a una patrulla y llevarte al reclusorio, o quizá hay una camioneta blindada en la que un maleante transportará tu cuerpo para abandonarlo en un terreno baldío". Total que ninguno de los escenarios hizo que se arrepintiera de haber matado al violador de su hermana.

La madrugada se aclaraba a la par de sus miedos. El reloj indicó que faltaban pocos minutos para las cinco de la mañana. "La muerte o la cárcel, para allá vas, Lupe. Te perseguirán, te llevarán para alejarte de la memoria de tus seres queridos que, reconócelo, no son muchos. Quizá muerto te recuerden con más cariño, porque los que están en la cárcel pronto se convierten en una carga que nadie quiere alzar. En la prisión apestarás más que un cadáver... más que un cadáver".

A las siete sonó el despertador. Se incorporó por impulso, se visitó y fue a ver a su hermana que seguía tumbada en el piso de la cocina.

—Diana, Diana. Vámonos a la escuela —le dijo agitando su hombro sin mucha cortesía.

—Lupe, qué hiciste, por Dios.

—Cállate. Ya te dije que no te volverá a molestar ese hijo de su pinche madre.

—¿Lo mataste, Lupe?

—Ya no te va a molestar, te digo.

—Ay, Jesús ¿Qué pasó con tu mano? ¿Sólo lo golpeaste? ¿Sabe quién eres? contéstame, di algo —imploraba desesperada por ignorar lo que ni el propio Lupe sabía con absoluta certeza.

—Ya me voy, ¿vienes? ¿No? Bueno, te veo al rato.

Diana siguió a su hermano nomás con la mirada. Cuando éste cruzó la puerta y desapareció, volvió a lamentarse compungida: "pero qué hice, Señor. Padre Nuestro que estás en el cielo...".

Lupe siguió su camino hacia la escuela con una tranquilidad aparente que después se tornó genuina. Había logrado desoír a la voz que le repetía una y otra vez que era un asesino. Pero el gusto le duró poco, pues el dolor de su puño derecho volvió a recordárselo cuando se hinchó más.

A la entrada de la escuela, por puro impulso, miró a un lado y luego al otro, nadie parecía seguirlo. "Vamos bien, cálmate", y fue al baño a fumar antes de entrar a su primera clase.

5

Aníbal conoció la historia de su origen cuando cumplió sus quince años y desde ese entonces soñaba con viajar a Buenos Aires.

El amante de su madre, sabiendo algo del progenitor desaparecido, se dio a la tarea de contarle de la belleza de su país, de sus veranos en diciembre y sus inviernos en julio. Le regalaba recuerditos y le compraba discos de tango. Él le contagió el acento que, poco a poco, Aníbal fue imitando y adoptando como propio. También fue él quien le dijo morocho por primera vez. "Tenés la piel oscura, así le decimos a los morenos por allá". Como si se tratara de un título real, Aníbal se autonombró así hasta que casi todos dejaron de llamarlo por su nombre de pila.

Se reunían durante las tardes del sábado a preparar asado y chimichurri. Teresa se sentía en familia aunque todo aquello fuera una comedia espuria; al menos tenían esas horas compartidas a la semana que terminaban en la noche con la función estelar de boxeo y sus acalorados debates cuando los jueces no se ponían de acuerdo. Aníbal entonces se edificó otro sueño suspendido entre los triunfos de aquellos pugilistas. Se imaginaba a sí mismo usando el cinturón de campeón del mundo.

—Probá, capaz sos bueno, che —lo alentaba el argentino que no paraba de hablar de las grandezas del campeón Monzón.

—Mi mamá no me va a dar permiso.

—Y bueno, hay veces que tenés que hacer lo que vos querés, no lo que debés, guacho.

Bajo esa perogrullada aprendida de memoria, se inscribió a hurtadillas en un gimnasio del norte de Tijuana. Peleó algunos combates medianos pero nunca destacó, jamás ganó dinero ni título menor alguno, por el contrario, su padre de utilería era quien se arreglaba con los organizadores de las peleas de barrio para que le permitieran subirse al ring aunque tuviera los brazos fofos y "pegada de señorita". En una de esas contiendas le tumbaron el colmillo con un derechazo y para levantarle la moral al chico, le regaló uno de oro que conservó toda la vida.

Después de tres años de carrera fallida, el Morocho dejó el ring para dedicarse al creciente negocio del narcomenudeo al que fue introducido por el argentino. Ahí sí que sobresalió. Sus capacidades de negociante y su recién descubierto sadismo lo hicieron dueño de una reputación temible. Durante muchos años azoró la zona norte de Tijuana, territorio del Señor, uno de los mayores capos de la historia de México, y se alzó como uno de los consentidos de aquel narcotraficante que se codeaba por igual con políticos, empresarios, policías y figuras del espectáculo.

Los privilegios ganados en la ilegalidad acercaron al Morocho a don Checo Leimann, presidente de la Comisión

Internacional de Box, quien lo invitaba a Las Vegas cada que había pelea estelar y que necesitaba un favor de los que sólo a él podía confiarle.

Pero ni los años ni el dinero le quitaron a Aníbal lo fantasioso. Así como era de bueno para los negocios, se imaginaba, ya no como boxeador sino como promotor, mecenas del próximo campeón, del ídolo que México no tenía "desde que las televisoras comenzaron a promocionar a niños bonitos y pendejos", alegaba apasionado cada vez que opinaba sobre los nuevos talentos nacionales que de talentosos, decía, no tenían nada.

En su afán por encontrar a ese ídolo oculto en el anonimato, organizaba peleas clandestinas donde celebraba la valentía de los que, como si fuera el circo romano, subían a pelear a pie sabiendo que podían bajar sobre los hombros de los guaruras que se deshacían de los cadáveres con maestría terrorífica. Peleaban sin protecciones ni pesajes oficiales y sin miedo aparente al dolor, con la sola promesa de ganar unos miles de pesos que, para los muchachos que trabajaban en los mercados o vendiendo fruta en las esquinas, eran una fortuna por la que bien valía la pena arriesgar la vida. Sin embargo, la recompensa real estaba en sorprender al Morocho, pues eran bien sabidos sus deseos frustrados y su empeño por dar con el gran peleador que tendría la carrera profesional servida en la mesa.

Su búsqueda de talentos sólo produjo unos miles de pesos obtenidos en las apuestas, mucho tiempo perdido y terribles decepciones. Llevó a un par de muchachos a entrenar a los gimnasios de Tijuana y hasta ahí quedó la cosa. Ninguno le despertó mayor interés, por eso llegó al colmo de decirse "a la mierda con el boxeo" y canceló las peleas subrepticias que le aburrían salvo cuando había un buen baño de sangre o algún muerto en el ring.

El pugilismo fue su fantasma, un asunto pendiente en el que prefirió no pensar hasta que alguien tocó a la puerta de su oficina ubicada en el último piso de un lujoso edificio de la ciudad.

El Morocho dio acceso al visitante. Encendió un puro y se sentó en su sillón de piel.

—Jefe. Me da mucha pena informarle que el señor José Luis fue asesinado.

—Sí, vi en las noticias. Lo que no entiendo es por qué no me llamaste.

—Perdone usted. Es que el cuerpo fue hallado como a eso de las seis de la mañana, y no quise molestarlo tan temprano sin tener la información completa.

—¡Andate con otro cuento! Y bueno, ya está —exhaló tratando de no darle más importancia al error—. ¿Tenés la información? ¿Quién mató al gordo?

—Aquí tiene las fotos del sujeto y de la escena del crimen.

Le extendió un sobre amarillo que contenía las imágenes del cadáver de José Luis, miembro de su célula, y también las de un puberto flaco, sin gracia, de pelo hirsuto, ojos pequeños y frente cuadrada y sobresaliente. Tenía puesto el uniforme de la Secundaria Técnica y en su mano derecha podía verse algo parecido a una venda.

—¿Pero qué pelotudez es esta, loco? —preguntó el Morocho sintiéndose burlado.

—Jefe, fue él. Se llama Guadalupe Quezada, tiene catorce años y es hermano de la muchacha que limpiaba los baños en la textilera, jefe. De la Diana, a la que el gordo se cogió varias veces en la oficina.

—La niña, sí —añadió desesperado por estar escuchando detalles y razones que no le importaban—. ¿Y ya lo agarraron? Es que no me puedo creer que haya actuado solo.

—No se va a pelar, está muy dormido. Ni cuenta se dio cuando le tomamos estas fotos. Hoy mismo se lo traemos.

—¡Mierda! ¡Son tan boludos! Mirá que se va a ir. Quiero que pague. José Luis era también mi amigo. Decime, ¿qué le hizo el hijo de puta? ¿Para quién trabaja?

—Señor. Un soplón se dio cuenta de todo. Él vio cómo lo mató a golpes, sin ayuda de nadie.

El Morocho no podía imaginarse la escena. Un hombre de cuarenta años, robusto y fuerte, asesinado por un chico que apenas antier era un niño. Abrió los ojos azules que iluminaban como dos lámparas y con una perversa risotada, agitó su barriga redonda y dura:

—¿Lo cagó a palos? Pero si es un pibe maltrecho.

—Pues sí, señor, un chamaco. El perito confirmó la versión del testigo: lo mató a golpes y lo remató con una piedra.

—Tiene huevos, el pendejo.

—Hoy mismo lo agarramos, no nos vamos a tardar, jefe, se lo prometo. A la salida de la escuela lo pescamos, ya le pusimos campana.

El mafioso fumó su puro. Miró al techo mientras soltaba el humo que había inhalado. Se rascó la barbilla, cruzó la pierna, y sin mirar a su informante, le anunció:

—No, no. Ya lo pensé bien. A ese lo agarro yo. Dame los datos de su escuela y la dirección de su casa.

—Como usted mande, señor —respondió el comandante Aguilar, como si le hablara a un miembro de la realeza, antes de ponerse el quepí.

—¡Aguilar! Algo más antes de que te vayas: que no se vuelva a repetir —le advirtió señalándolo con el puro—.

Cuando te enteres de un quilombo como estos, lo primero que haces es agarrar el teléfono y llamarme, ¿entendés?

—Entendido. Con permiso, jefe.

Casi de inmediato, el Morocho llamó a su chofer y se dirigieron a la Escuela Secundaria Técnica de Tijuana donde esperó a que diera la hora de la salida. Su chofer lo miraba de reojo; no era normal que el jefe fuera personalmente por los que le debían algo. Siempre mandaba a alguien a encapuchar, amarrar y someter, aunque al final, sí era él quien normalmente se daba el placer de darle el golpe final al moribundo en turno. El conductor, que además era su guarura y confidente, esta vez no pudo adivinar a qué se debía la especial ocasión.

Recargado en la ventanilla y mirando alrededor, el Morocho mantenía la sonrisa entre dibujada y soltaba de vez en cuando una pequeña carcajada mientras se sobaba con el dedo pulgar su colmillo de oro. Sólo él sabía de las cosas con las que soñaba despierto.

Con la ceja alzada asomándose detrás de sus gafas aviador, de armazón dorado, divisó al chamaco de las fotografías caminando de prisa, esquivando a los vendedores de frituras y paletas de hielo.

—Es ése, que no nos vea todavía. Lo interceptamos en la calle de adelante.

—¿Ése?

—Sí, sí. Seguilo, guacho.

El instinto de Lupe ni se percató de que era acechado hasta que sintió la cercana presencia de la camioneta negra que ya parecía su sombra.

Aceleró el paso sin mirar con detenimiento quién ocupaba el lugar del copiloto. El fluir de su torrente sanguíneo se detuvo por un instante y torpemente se tambaleó. "De nada te va a servir correr. Ya nos cayeron". Lupe volteó y miró el diente dorado del Morocho que sonreía asomado por la ventanilla.

—Hola, Guadalupe Quezada. Vení.

Debía demostrar que no tenía miedo. Frunció el ceño como un cachorro queriendo parecer una fiera salvaje.

—Si te quisiera matar, ya lo hubiera hecho. Dale, que no te voy a hacer nada.

—¿Y entonces para qué chingaos quiere que suba? ¿Por qué no mejor se baja?

—Lo que me ha dicho este pendejo —le dijo riendo al chofer que no gesticulaba—. Dejá de pelotudear y subí, que te conviene.

—¿Y por qué me ha de convenir?

—Porque yo voy a hacer que tu vida deje de ser una mierda.

Escasos fueron los segundos que Lupe necesitó para entender que no tenía opción. Se subió abandonando su mochila en la banqueta, como si en ella dejara su vida, y abordó la camioneta.

—¿Agua?

—No.

—Di gracias.

—No, señor. Gracias.

—¿Qué pensás que te vamos a hacer, che?

—No sé.

—¿Qué pensás que merecés?

—No sé.

—No hablas mucho.

—No.

Las calles se fueron transformando conforme se acercaban al lujoso asfalto de la zona moderna de Tijuana. Entraron a un edificio de diáfano cristal donde todos los que se cruzaban en el camino de don Aníbal, se detenían a saludarlo. Una placa dorada anunciaba la entrada de la oficina de PALERMO Y ASOCIADOS que brillaba iluminada por el fulgor del ventanal que cubría todo el lado derecho del piso que daba hacia la calle.

La cara de Lupe se mantenía parca pese al dolor que aún le palpitaba en su mano más dañada que hace unas horas.

—Toma asiento. Pregunto de nuevo —dijo el Morocho con una voz que evocaba a la paciencia—, ¿agua?

—No.

—Y bueno, te pregunto entonces: ¿qué carajo le hiciste al pendejo de José Luis?

Ante el interrogatorio, agachó la mirada con gesto de niño regañado. Pinche instinto, otra vez se había quedado como pendejo.

—Usted ya sabe lo que le pasó, si no yo no estaría aquí.

La abultada barriga de Aníbal volvió a sacudirse.

—¡Vaya chico! En fin, ya me contarás. Ahora tenés que ver algo.

Del cajón de su escritorio de caoba sacó un retrato y se sentó en el enorme sillón de piel que lo hacía sentir más poderoso, como protagonista de película de mafiosos.

—¿Sabés quién es él?

—No, señor.

—Es un gran amigo mío, el presidente de la Comisión Internacional de Box. Aquí estamos juntos viendo una pelea en Las Vegas.

Lupe seguía sin entender y lo miró como si con los ojos le preguntara "¿y eso a mí qué chingados me importa?".

—¡Guacho! —vociferó entusiasmado, como el que anuncia el número que ganó el premio mayor—. Te voy a ofrecer la oportunidad de tu vida y te quedás mirando como si quisiera asesinarte.

—Pensé que…

—No, vos no pensás. José Luis me chupa un huevo, como él hay muchos, en cambio vos tenés algo especial. Si yo me hubiera encontrado a un Aníbal Palermo cuando tenía tu edad —parloteaba cada vez más excitado con los sueños que viajaban del corazón a su boca—, si yo hubiera conocido a alguien como yo… Imagínate: Lupe, campeón del mundo. Podés tener lo que siempre has soñado: dinero, mujeres, autos y sobre todo, la enorme oportunidad de salir de la mugre donde te encontré. Estoy hablando de millones de dólares, de fama, de que seas el gran ídolo de México que no tenemos por culpa de las locas con cara bonita que salen en televisión. ¿Has visto? ¿has visto las peleas de boxeo? Pero si son una mierda —terminó de decir con exagerado sonsonete argentino.

—¿Y a usted quién le ha dicho que yo quiero eso?

—Todos queremos eso, no jodas.

Lupe hizo una pausa en la conversación para no aceptar a bocajarro que eso era verdad: quién no va a querer todo aquello, sobre todo cuando se pasa la vida con pura morralla en los bolsillos.

—No sé boxear.

—Da igual, sos joven.

—Ya tengo catorce, casi quince.

—Nada, es buena edad. Vas a entrenar con los mejores y lo primero que tenés que hacer es curar esa mano.

El Morocho alzó las cejas en espera de una respuesta. Si era positiva, Lupe estaría dando el primer paso hacia una exitosa carrera en el pugilismo; si la respuesta era negativa, el asunto de José Luis volvería a cobrar importancia.

—¿Tengo tiempo para pensarlo?

—No —el Morocho apagó su cigarrillo apretándolo contra la base del cenicero.

—¿De plano es ahora o nunca?

—Pero qué mierda querés pensar. Te estoy ofreciendo todo, el mundo. Qué carajo vas a pensar, por Dios.

Lupe, que ya se sentía hombre, respondió después de hacer puntos suspensivos:

—Entonces vamos a que me curen esta mano que me duele de a madres.

El Morocho, con la sonrisa pronunciada del lado derecho de la boca y un cigarro recién encendido en la comisura izquierda, le dio unas palmadas en los hombros y llamó al chofer: "no vamos a perder tiempo", contestó orgulloso, triunfante, y lo llevó a un consultorio sin necesidad de agendar cita.

Irrumpió mientras el médico atendía a un niño que parecía estar lastimado de una rodilla.

—Che, ¿no irás a tardar mucho? —dijo Aníbal desde la puerta que abrió como si fuera parte de su casa.

—Doctor, perdone, le pedí que esperara, pero no me hizo caso —justificó la secretaria preocupada por la incómoda situación.

El médico, que conocía bien al que se anunciaba de esa manera, le pidió a su secretaria calma y a Aníbal diez minutos de paciencia de los que sólo se necesitaron cinco.

La mano derecha de Lupe estaba muy inflamada, no era capaz de abrir y cerrar el puño con normalidad y la muñeca le dolía. El médico exploraba la lesión mientras el Morocho fumaba esperando el diagnóstico, paseándose por el consultorio adornado con diplomas y estatuillas.

—¿Aquí te duele?

—No.

—¿Aquí?

—No mucho.

—¿Aquí? —presionó el médico en el nudillo del dedo del corazón.

—Ahí, sí.

—Golpeaste algo con mucha fuerza —le dijo mientras sonreía discreto—. Vamos a hacerte una ecografía.

El resultado indicó que la lesión tardaría, por lo menos, tres semanas en curarse de algo que irónicamente se conocía como "nudillo de boxeador". El Morocho tomó el diagnóstico como una afortunada coincidencia y estrechó la mano del médico, cuya mirada evasiva se escondía tras unos gruesos lentes que se le resbalaban por la nariz.

—De una vez, y ahora que tengo tiempo, te llevaré a que conozcas un lugar que va a ser como tu segunda casa.

Así siguió con el monólogo sobre las delicias del boxeo, sobre sus viajes a Las Vegas y los famosos con los que compartía las butacas mientras el chofer conducía con dirección al gimnasio de la familia Mora, conocida por su abolengo en el círculo del pugilismo e integrada por excampeones del mundo y empresarios que continuaban haciendo trayectoria y dinero con el deporte. Lupe no escuchaba todo lo que le decía, ese no era parte de su mundo, ni tampoco esa camioneta tan lujosa, ni ese hombre que olía a loción y tabaco. Recargado en la ventanilla Lupe se dejaba llevar pensando que le daba igual vivir en la pobreza que morir sobre la lona de cualquier ring de Las Vegas.

6

DON JOSÉ MORA, CONOCIDO COMO EL MORITA fue campeón mundial de peso gallo en los años sesenta. Sólo ganó un cinturón y con eso le bastó para salir de las ventas ambulantes a las que se dedicaba junto con sus padres desde que era un niño. Ernesto, su hijo mayor, estudió hasta la preparatoria. Fue un alumno destacado y se esperaba que fuera ingeniero, pero le ganó el anhelo de seguir los pasos del padre y demostró que no se trataba de un junior bajo la sombra de su famoso apellido; se fajó el cinturón de campeón del mundo cuatro veces y estaba a punto de ser inscrito en el Salón de la Fama. Su otro hijo, Israel, también buscó futuro en el boxeo y triunfó: fue campeón en dos ocasiones. Don José, que ya estaba viejo, entrenaba pugilistas por la dosis de adrenalina que necesitaba para que su corazón le siguiera latiendo.

En el gimnasio, solía recargarse en las cuerdas de la esquina y dar indicaciones manoteando como si fuera el director de una orquesta, a veces enérgico y otras suave. Gritaba, aconsejaba, se desesperaba y mentaba madres. Su trabajo era de contrastes, sin grises, sin medios tonos. No quería que ninguno de sus pupilos cometiera errores fatales que le quitara la vida a ellos y el prestigio a él. En su carrera como entrenador se leían cinco nombres de campeones mundiales, incluyendo los de sus hijos.

Aquel recinto no era como los que se encuentran en los barrios bajos de cualquier ciudad en México. Todo el equipo parecía recién desempaquetado. Hombres y mujeres golpeaban las peras portando uniformes y zapatillas nuevas al ritmo de música pop en inglés. Los entrenadores parecían muñecos con cuerpos hechos especialmente para el oficio. Lupe, con su uniforme escolar deslavado y sus zapatos grises por el polvo de la calle, se sintió apenado y se abrazó para que nadie viera su camiseta percudida.

—Mi Morocho, venga para acá. Es un gusto que nos visites —dijo efusivo don José, quien divisaba disimuladamente al joven que lo acompañaba.

—Bueno, aquí me tenés. Te dije que íbamos a hacer un buen negocio vos y yo.

—Lo prometiste, así es. De eso hace muchos años, mi querido Morocho. Dime, ¿para qué soy bueno?

—Te presento a Guadalupe. No habla mucho, no te vayas a ofender.

Don José apretó la mano izquierda de Lupe sin entender con claridad qué pretendía el Morocho con ese muchacho enclenque que paseaba su mirada por el gimnasio como si estuviera en suelo marciano.

—Tú dirás.

—Lo traigo para que entrene en tu gimnasio. Yo pago, vos ponés el precio.

—Primero tenemos que probarlo y ahora veo que tiene la mano lastimada…

—Aquí estaremos en un mes —interrumpió—, entonces ¿cuento con vos? No te vas a arrepentir.

José sabía que el Morocho tenía sueños, que quería colarse por la puerta grande de ese mundo que le fascinaba. Tenía también conocimiento de sus contactos, su dinero y sus tiempos como organizador de peleas clandestinas. Alguna particularidad habría visto en los puños de ese chamaco, evidentemente desnutrido, que él no percibía a simple vista.

—Cuentas conmigo, Aníbal —respondió sin mucho entusiasmo.

Se estrecharon las manos con fuerza mientras Lupe contemplaba a los hombres que decidían su destino.

—Deberías hablar más, ¿no te parece? —reprendió Aníbal cuando salieron del gimnasio—. Esos tipos que están ahí adentro son los mejores y más respetados de todo Tijuana. Van a ser como tu familia, o mejor dicho, más importantes que tu propia familia.

—Sí, señor.

—Vamos, te llevo a tu casa.

El cielo se teñía de azul violeta.

Asomada por la ventana de la cocina, como siempre, Diana esperaba a su hermano acompañada del miedo que la conminaba a continuar con la siguiente cuenta del Rosario.

—¿En dónde estabas? —lo reprendió su madre acordándose de que tenía un hijo, justo cuando este cruzó el umbral de la puerta.

Como era su costumbre, Lupe no le respondió. Ni siquiera le importaba discutir con ella algo de lo que se iba a olvidar durante su breve sobriedad.

—¿No me oyes? ¿Qué te pasó en la mano?

—Me voy a dormir. Buenas noches —se dirigió a Diana.

La madre, idiotizada, giró su cabeza hacia el televisor y se sumergió en otro trago de aguardiente refunfuñando y maldiciendo al hijo que, decía, había salido igual que su padre, "por qué te fuiste, desgraciado", gimoteó y volvió a desviar su pensamiento hacia el marido ausente.

Al día siguiente, una camioneta negra se estacionó afuera de su casa. Diana y su madre miraron cómo, sin mochila ni uniforme, Lupe salía de la casa azotando tras de sí la puerta de lámina que cimbró las ventanas.

Ninguna tuvo tiempo de preguntas ni reclamos.

—Yo no sé qué se traen ustedes, pero ya me tienen harta. ¿Me escuchas? Pareces sorda.

—Sí te escucho, mamá.

—Pues di algo, tonta. A ver, pásame la cazuela y no se te vaya a caer. Ni eso sabes hacer.

Diana le dio a su madre la cazuela de los frijoles mientras le terminaba de calentar unas tortillas.

—Me voy a la escuela, se me va a hacer tarde.

—Ya, vete, yo me las arreglo. No se te olvide pasar a comprar más tortillas.

La madre evadió el beso que su hija quería darle en la mejilla. Diana apretó los labios y se fue. Mientras caminaba, pensaba en qué haría de las dos a las siete de la tarde para no llegar a su casa y tampoco a su trabajo. Se había enterado de la muerte del gordo cuando la vecina —la que la había recomendado en la textilera— tocó a su puerta con un periódico en la mano. "Tan bueno nuestro jefe", dijo con esa entonación de voz que le da al fallecido un aire de santo, y a Diana se le revolvió el estómago recordando los abusos. "No llores, Dianita, Dios ya lo ha de tener junto a él". La vecina aprovechó para pedirle una cooperación de cinco pesos para comprar una corona de flores en nombre de todos los trabajadores de limpieza y le dio un sentido abrazo que, a decir verdad, ninguna de las dos sintió genuino. "En fin, la vida sigue. Nos vemos en la chamba".

Pero no volvería a la textilera. Tenía que pensar en la manera de ganar algo de dinero para que su madre no se enojara cuando se enterara que había abandonado su empleo. Pobre Diana, siempre pensando en el futuro inmediato porque el lejano le cabía en una bolsa de basura. Unos pesos más, unos centavos, gramos de menos en el mandado, ésas eran las nimiedades que hacían la diferencia entre la angustia y la buena suerte. Lupe, en cambio, jamás pensaba en su futuro, y si lo hacía, no hablaba de él con nadie. En realidad no hablaba de nada. "Cómo me hubiera gustado ser como mi hermano. Tener sus ojos chiquitos y afilados como navaja escondidos bajo el techo de sus cejas tupidas y ese semblante en el que no se puede adivinar alegría ni tristeza. ¿Qué cara habrá puesto cuando mató al gordo? ¿Qué cara habrá puesto el gordo?", pensaba Diana que caminaba sin saber a dónde ir a arrinconarse.

Con dos desayunos continentales sobre el escritorio y una sonrisa amplia y fresca, Aníbal volvió a recibir a Lupe en su oficina. También lo esperaba con una pila de libros sobre historia del boxeo, biografías de peleadores famosos y una oferta que aún no estaba escrita.

—Lo he pensado mucho durante la noche. Vas a ser campeón del mundo, loco —le decía con la voz adornada con el chasquido de su boca masticando un croissant.

—Ya le dije que no sé nada de box, ni siquiera me interesaba ver las peleas de los sábados, pero si usted lo dice, está bueno —respondió con la cabeza agachada.

—No entendés un carajo todavía. No importa. Dale, mirá que tengo paciencia y una buena corazonada.

Una llamada telefónica interrumpió la conversación. El Morocho respondió "Hola, cariño" y enseguida entró al baño con su teléfono. Era su costumbre alejarse cuando trataba sus asuntos familiares o de amoríos. No le gustaba que la gente supiera de nombres, apellidos, necesidades o deseos. Su vida era cosa privada. Sólo el chofer, que más se parecía a un perro, sabía de sus cosas y jamás se le habría ocurrido dar información —muchas veces intentaron sobornarlo— sobre las camas que el Morocho destendía o sobre la residencia de su madre. Lupe no le prestó importancia a la situación y aprovechó para comer más a prisa y guardarse un pan en el bolsillo.

—"*Cuando apenas era un jovencito*"… —salió del baño canturreando—. Y bueno, pibe. Lee esto. Este libro es sobre la historia del box, una belleza. Acá están los mejores, y entre ellos, los Mora. José, tu entrenador, fue de los grandes —sostuvo la respiración con paciencia fingida—. Es cierto que no te das cuenta de lo que te estoy ofreciendo, ¿verdad? —dijo sacudiendo sus cabellos color sal y pimienta, como queriendo sacarles brillo.

Lupe recorría las páginas mientras oía la ya conocida arenga: que si la gloria del boxeo, que si los gladiadores más poderosos, que si la fama, que si se imaginaba en Las Vegas… estaba aletargado. El espabilo llegó cuando una de las hojas rebanó su dedo índice. La sangre se esparció por la página porosa y eso hizo que se le viniera a la memoria la imagen del cadáver de José Luis con el plasma carmín diseminado entre las juntas del adoquín donde yacía su cabeza desbaratada. Con el recuerdo vivo en su piel cortada, Lupe asimiló lo que el Morocho quería explicarle de una y otra manera: no sólo se trataba de dinero y gloria, sino de una segunda oportunidad para vivir. Qué fácil hubiera sido para el mafioso asesinarlo, reflexionó su instinto que nomás se despertaba cuando sentía dolor de alma o cuerpo.

Se chupó el dedo sangrante.

—Ya ni se canse de explicarme. Le juro que voy a ser como un perro para usted.

—Vos no podés ser un perro. Los perros son estúpidos: lamen y mueven la cola por cualquier cosa. Más bien, sos como un lobezno.

—Lobezno si así lo quiere, señor —repitió Lupe sin saber qué significaba esa palabra.

"… Aunque viven en manada, su espíritu es solitario. Son animales muy respetados, sagrados. Los indios americanos decían que sus dioses los enviaron al mundo para proteger a su raza, y que por eso los habían creado poderosos y fuertes. Silenciosos, muy cuidadosos; también agresivos y asesinos… Vas a ser un lobo".

Lupe no se explicaba por qué el capo lo observaba con tanto detenimiento, como el que busca un lugar recóndito en el mapamundi.

—Oiga, ¿y qué es un lobezno?

—Un cachorro de lobo, hijo —respondió intentando esconder su tono burlón.

—Lobo, yo seré un lobo, dice usted, ¿y por qué?

—Porque los lobos son chingones.

—¿Qué pasa? —preguntó incómodo ante la mirada azul del Morocho fija en él.

—No, nada, te observo. Decime, ¿por qué no hablás?

—Pues será que no tengo mucho qué decir.

—O será que no había quién te escuchara. Estabas jodido, pero ya no más.

—Gracias, señor.

—Gracias a vos.

—¿A mí por qué? Usted fue el que me perdonó la vida.

—Y vos me has devuelto la mía. Sos de mi manada, lobezno.

Recordando a aquel argentino que durante años jugó a ser su padre hasta que fue asesinado en un enfrentamiento con la policía, el Morocho se prometió proteger al chico como si fuera de su sangre. Lupe hizo que naciera el cariño y la misericordia en un corazón corrompido por el narcotráfico y la sangre ajena.

7

ANGUSTIADA Y SIN SABER CÓMO FORMULAR la pregunta, Diana veía a Lupe engullendo un pan que ya estaba rancio y dando sorbos al atole de maíz poco antes de que dieran las siete y media de la mañana.

—¿A dónde vas todos los días, Guadalupe?

—Por ahí, hermana. Ni te preocupes —contestó tranquilo.

—Es que ya son dos semanas que andas así. Sales muy temprano, ni nos dices qué haces y luego esa camioneta que viene por ti. ¿En qué andas?

—En nada malo, ya verás.

—¿Y cuándo lo voy a ver?

—A su debido tiempo. Bueno, me voy que ya llegaron por mí.

—¿De nuevo? ¿Y la escuela?

—Pinche escuela. Leer no nos va a dar de comer, Diana. No mames.

La camioneta negra se estacionó a las siete y media en punto. Diana salió tras él para ver un poco más de cerca a sus ocupantes, pero los vidrios polarizados se lo impidieron. Lupe le dijo adiós y ella, con un rezo en la boca, agitó la mano en señal de despedida y enseguida se dirigió a la escuela. Mordiéndose las uñas, continuó con la oración que había dejado en pausa. Pedía a Dios un milagro o, al menos, que a su madre le durara la embriaguez para que se le olvidara preguntar por el dinero de la quincena que ya debía haber llegado hace días. En su cabeza se sucedían, una tras otra, las imágenes de su hermano y su nuevo oficio, del violador asesinado que aparecía en los periódicos como un empresario bondadoso fallecido a manos de un asaltante, lo que podría pasarle si se supiera que estaba muerto por su culpa y en su madre azotándola como cuando hacía algo mal. "Malditos ojos los míos, maldito miedo. Nací siendo melliza del miedo. Fui un accidente, me lo dijo mi mamá, que por mí se había casado con el desgraciado de mi padre y que por eso me odiaba. No por su embarazo, por mi nacimiento. Desde entonces, todo es mi culpa: desde los veinte kilos que engordó a los diecisiete años y que le desfiguraron el cuerpo llenándoselo de grasa y estrías, hasta la noche que Lupe se convirtió en asesino. Siempre me pegó y siempre en la cabeza. Un zape, una bofetada frente a las vecinas. Al menos mi hermano nació con la bendición de un pene. Por eso no le fue tan mal, aunque diga lo contrario. Para él las raciones más grandes de comida, los juguetes nuevos. Es que es hombre, qué le vamos a hacer, decía mi mamá. En esta casa y en todas los hombres mandan, tú dedícate a la cocina, a obedecer, a limpiar y a no pensar en pendejadas, a no pensar… Sé que no soy inteligente como mi papá que se fue sin voltear, ni tan tonta como mi mamá que no se entera de

48

lo que pasa afuera, ni tan valiente como Lupe que anda entre demonios sin tiritar. Yo nomás sirvo para equivocarme
y culparme. Qué hago aquí, miedo. Dime, ¿acaso es muy
difícil saltar de este puente peatonal?".

8

Lupe fue a su segunda revisión médica acompañado del chofer del Morocho, quien después lo llevaría a su cita con don José Mora.

—Tu mano ya está mejor —confirmó el médico mientras sobaba sus nudillos.

—Ya no me duele.

—¡Pues claro! Eres joven. Los huesos a tu edad son como plastilina. Bueno y dime, ¿cómo es que te lastimaste tan feo?

—Me cae que no quiere saberlo, doctor.

—Algún pleito en la escuela, ¿cierto?

—Sí… eso fue.

—Muchacho, a la escuela se va a estudiar, no a armar pleito.

—Por eso ya no voy. Ahora estoy con el señor Aníbal.

El médico se quitó los lentes y como consejero samaritano, lo miró con ternura para decirle, aprovechando que nadie más los acompañaba:

—Estás muy chico para dejar la escuela.

—Es que el señor Aníbal quiere hacerme boxeador profesional.

—¡Vaya! Entonces te veré seguido, o mejor dicho, esperemos que no tanto.

—Eso espero también. Me tengo que ir.

—Si tienes molestias en la mano, me avisas. Cuídate, hijo.

El chofer, que aguardaba en la sala de espera, agradeció al médico y salieron del consultorio. Lupe estaba feliz por la pronta recuperación de su mano.

—Dentro de muy poco voy a poder entrenar —le confió al chofer que conducía la camioneta sin decirle a dónde lo llevaba.

Entraron a un centro comercial muy grande y con olor a nuevo, de esos que Lupe se atrevía a mirar de lejos porque una sola prenda de las que vendían allí costaba lo que ganaba en un mes boleando zapatos. Se detuvo frente a una tienda deportiva y por instinto echó el cuerpo hacia atrás, como si su pobreza le hubiera jalado el freno de mano.

—Pásale, que necesitas trapos nuevos.

—¿Y qué escojo? ¿Cómo se los voy a pagar?

Por primera vez, Lupe vio la sonrisa del chofer que lo miraba como si fuera un mono explorando la superficie lunar. Su jefe tenía delirio de mecenas y por momentos actuaba impulsado por la emoción de sus propios deseos reprimidos; la verdad es que él no veía nada especial ni diferente a los otros muchachos que ya habían llamado la atención del Morocho tiempo atrás, cuando organizaba peleas clandestinas en busca de su futuro campeón mundial. Sí, sabía que Lupe había matado a José Luis, ¿y qué? Quizás había sido un golpe de suerte propinado en colaboración con la pesada piedra que se encontró por casualidad en el momento preciso.

—Qué bárbaro, me cae. Ándale, entra.

Cómo le hubiera gustado a Diana acompañarlo a esa tienda tan bonita, pensó. Su hermana, tan buena, tan débil. Pobrecita de ella, aguantando siempre las vejaciones de la madre, los abusos del gordo y sabrá Dios de cuántos más. Lupe se tragó la vergüenza y le preguntó al chofer con temor de parecer abusivo:

—Señor, yo no quiero aprovecharme, pero… ¿puedo llevarme esta playerita? Yo luego se la pago, ya veo cómo le hago.

—¿Rosita? ¿Para tu vieja? No chingues, deja eso ahí.

—No, señor, para mi hermana —respondió bajando la voz.

El chofer recordó lo que había sufrido la muchacha recientemente y el avergonzado fue él. "Qué rápido se me olvidó que antes de convertirme en el perro guardián del Morocho, yo era igual o más pobre que estos chamacos", pensó. Que Dios me perdone.

—Llévatela y mira, esta morada también le va a gustar. Yo se la invito.

Lupe olfateaba la ropa nueva imaginándose los ojos de su hermana grandes, muy abiertos, llenos de alegría como los de los niños cuando están a punto de apagar las velas de su pastel de cumpleaños.

—Ahora vamos a comer. El señor me encargó que te llevara a un buen lugar.

—Señor, gracias, en serio. Ya es mucha molestia.

—Ni agradezcas que no es mi dinero, yo nomás sigo órdenes.

Fueron a un restaurante especializado en cortes de carne dentro del mismo centro comercial. Lupe, que había visto el interior de esos lugares solo en las telenovelas que enajenaban a su mamá, leía con dificultad el menú y no tenía idea de qué ordenar.

—Entrecouuute, sirloiiin, cordeauuu blauuu…

—Deja, yo te voy a ordenar un buen trozo de carne. Los lobos comen carne. Ya me dijo el patrón que te vas a llamar Lobo.

—Sí, así me dice el señor.

—Está chingón. Cuando seas campeón, fíjate: Lupe *el Lobo*… ¿Lupe qué?

—Quezada. Usted no cree que yo vaya a ser campeón, ¿o sí?

—Ya estás hablando más, qué bueno. Lo que yo piense te tiene que valer madres, lo que todos piensen, igual. Aquí vale lo que tú quieras ser y hasta dónde quieras llegar, ¿comprendes? Aprovecha lo que te está ofreciendo el patrón y cállanos la boca, ¡chingá!

El corte de carne llegó a la mesa acompañado de papas horneadas y verduras al vapor. Lupe masticaba con la boca abierta, atragantándose con los bocados. Los comensales pensaban que aquel hombre con camisa satinada atiborrada de logotipos de diseñador, había hecho su obra de caridad llevando a un pobre niño de la calle a comer a un restaurante tan fino. Algunos gesticulaban y resoplaban mostrando su incomodidad para ver si el capitán de meseros hacía algo contra el mal gusto.

—Se me quedan viendo por jodido.

—Lo que te dije: te tiene que valer verga. Ahora agarra el cuchillo y el tenedor, te voy a enseñar a usarlos como se debe, no todo se come con tortilla dura, chamaco.

9

ALREDEDOR DE LAS CUATRO DE LA TARDE ya estaban en el gimnasio de José Mora, quien los esperaba más por el compromiso que había hecho con el Morocho que por el entusiasmo de descubrir los talentos de su nuevo protegido.

—Señor, buenas. Don Aníbal me pidió venir con Lupe, él tiene otros compromisos que atender.

—Sí, me avisó por teléfono, no hay cuidado. Pues vamos a ver, hijo. A ver, levántate. Oye, ¿y eres pleitero? —cuestionaba mientras revisaba el físico de Lupe.

—No, señor, pero si me quieren chingar, los chingo primero.

Era como un animalito que no había sido educado ni cuidado y, por lo que dejaba apreciar su anatomía, tampoco había sido bien alimentado. Don José se inclinó para poner sus ojos al mismo nivel de los del chico.

—¿Y te los chingas en serio?

—Pues creo que sí, señor.

—¿A qué te dedicas, hijo?

—Boleo zapatos, cargo bultos en el mercado, a veces vendo fruta, lo que sea, lo que me deje centavos.

—Hubo muchos campeones como tú. Yo era vendedor ambulante, fíjate. Vamos a pesarte. Creo que puedes integrarte al entrenamiento de Óscar. Él va a pelear en Las Vegas y ya tiene a su equipo. Te vienes con nosotros al campamento de Temoaya para que veas de qué se trata todo. Mañana te espero a las ocho para que te dé un uniforme y empecemos, aunque tenemos que vigilar esa mano, ¿estamos?

—Entonces mañana estaré por aquí.

—Claro que sí. Denle mis saludos a Aníbal.

Lupe salió del gimnasio con la constante preocupación del dinero, pensando en que para llegar al gimnasio necesitaría tomar dos camiones de ida y dos de vuelta y en su bolsillo no había nada, hacía semanas que no trabajaba. Cómo les iba a decir que hasta para los camiones necesitaba si ya le estaban financiando los entrenamientos y hasta la ropa. Qué pena sentía de no poder siquiera pagarse los pasajes.

Esto de ser pobre está de la chingada.

—Chamaco, antes de que te bajes. Toma. Don Aníbal te manda este regalito. Son tres mil pesos, cuéntalos bien y cuídalos, porque nada más te dará esto cada quincena a partir de hoy.

Cada quincena, repitió para sus adentros, pero si aquello era una fortuna. Equivalía a dos meses de trabajo. Asesinar a José Luis había sido la mejor decisión de su vida, "seguro el cabrón debía muchas y la virgencita me recompensó", reflexionó alegre mientras acariciaba los billetes nuevos y agradecía al chofer por los regalos y su tiempo.

Diana le abrió la puerta mirando sorprendida la camioneta que arrancaba y las bolsas brillantes de la tienda departamental. No entendía nada y no se atrevía a volver a preguntarle a su hermano acerca de los negocios que se traía con los mafiosos —evidentemente mafiosos— que se habían convertido en sus amigos de un momento a otro y por razones incomprensibles. ¿No había asesinado Lupe a uno de los suyos?

—¿Dónde está mamá? —preguntó Lupe ignorando los ojos sorprendidos de su hermana.

—No sé, salió. Lupe…

—Mira, te traje esto —interrumpió.

Diana sostuvo las prendas como si fueran una joya valiosísima. Las miraba a detalle, escudriñaba en sus etiquetas, acariciaba los logotipos hipnotizada por el atractivo, y para ella ajeno, aroma a ropa nueva.

—Ay, hermano, ¿qué es esto?

—Tu cuelga —respondió feliz mientras él también contemplaba sus regalos.

—¿En qué andas? —se atrevió por fin a preguntarle con los hombros alzados, como el animal que espera ser apaleado por un mal comportamiento. Para su sorpresa, su hermano no le respondió con agresiones ni palabras rudas. Por el contrario, le contó algunos detalles sobre su buena suerte y su destino recién construido: convertirse en boxeador.

—Mañana empiezo mi entrenamiento. Aprenderé y nos irá bien chingón. Mira, tres mil pesotes. Guarda dos mil, yo agarro lo demás para mis pasajes. No, no te asustes, que no estoy haciendo nada malo. Es mi pago por entrenar, por Dios que me está viendo.

—Lupe… no sé.

—Parece un sueño, ¿verdad? Vas a ver que todo saldrá bien. Pronto nos iremos de aquí.

—Mamá no va a querer irse, por acá viven todas sus amigas.

—Y quién dice que nos vamos a llevar a la borracha esa.

—Lupe… —dijo suspirando haciéndole sentir a su hermano la pesada carga de su tristeza.

—Bueno, ya. Disfruta tus regalitos y yo me voy a descansar que mañana mismo arranco para el gimnasio.

10

De vuelta a su casa, don José Mora se sentó en su sillón de terciopelo rojo para apreciar, de frente y a distancia, su vitrina, pieza principal de su sala de estar, repleta de fotografías enmarcadas y trofeos ya opacos por el tiempo.

A sus sesenta y cinco años todavía le resultaba sencillo cerrar los ojos para borrarse las arrugas y evocar sus años de boxeador. Podía sentir el cuero del cinturón de campeón mundial ajustado en su piel mojada por la sangre y la humedad de la contienda, los gritos que lo ensordecían, los abrazos de su primera esposa que, más que orgullosa, se notaba aliviada por verlo ileso, vivo. Era diecisiete de noviembre. No veía con claridad a causa de los golpes que le cerraron el ojo izquierdo y le dejaron las mejillas rojas, palpitantes. "Alce los brazos para la foto, campeón", le decían los periodistas, y José *el Morita*, hacía su máximo esfuerzo para no decepcionar: "hijos de la chingada, estoy muerto, ya paren los flashazos". Los gritos seguían retumbando en la cabeza mareada por los golpes que hacían eco en sus puños rojizos.

Hasta antes de esa pelea nadie creía que un joven desconocido en Tijuana le arrebataría el cinturón al dos veces campeón del mundo Mike "Killer" Richards en el Grand Olympic Auditorium de Los Ángeles, pero el nocaut fue contundente, aniquilador. El todavía campeón golpeaba al cuerpo, castigaba en el rostro, soltaba su fuerza en el ojo reventado del pugilista de veinte años hasta que este atinó a colocarle un golpe entre la mandíbula y el oído izquierdo que lo hizo caer contra la lona.

Cinco, cuatro, tres, dos, uno. Tenemos nuevo campeón de peso gallo. ¡José *el Morita* Mora!

Qué tiempos aquellos. Rememoraba cada detalle desde su sillón, donde lo acompañaba su tercera esposa, treinta años más joven que él, a quien solía acariciarle las piernas mientras ella pasaba su mano por debajo de la camisa para jugar con los escasos y blancos pelos de su pecho que mucho contrastaban con su piel curtida por el sol.

"Ay Sarita, qué época aquella —tomó un trago de cerveza y le contó—. Por allá, a principios de los años sesenta empecé a entrenar, estaba muy chavo, tenía unos trece años más o menos. El barrio era el mejor lugar para el adiestramiento, no como ahora, que todo parece como de película gringa, todos muy arregladitos, muy protegidos y muy mamados. Esas son pendejadas. Antes, en mis tiempos, nos dábamos con todo. Quince rounds. Los pesos, las peleas, todo era a lo macho y así se llegaba a campeón mundial, campeón de a de veras. Todo era tan distinto. Yo conservo las enseñanzas de la vieja escuela, que es la buena, y así entreno a mis boxeadores. Por eso tengo mi nombre bien forjado en lo alto, entre los mejores. Pero, ¡chingá, Sarita!, que soy muy pinche terco y no me conformo. Mis hijos ya se retiraron y no veo entre los chamacos del gimnasio a uno,

tan sólo a uno que sea capaz de rajarle la madre a los mode-
litos que ya invadieron el boxeo con sus narices bonitas y sus
caritas de muñecos. ¿Óscar? Pues sí, es bueno, pero le falta
actitud y me encabrona que sea tan soberbio, anda haciendo puras pendejadas. Está a nada de convertirse en uno de
ellos. Si el negocio fuera enteramente mío, ¡qué cosas no
haría! Pero mis hijos son los dueños también y a ellos ya les
tocó lo último de los buenos tiempos. Yo he luchado contra
las peleas arregladas, si vieras, Sarita: que si pagan por que
el contrincante se "dé un clavado", que si no conviene a los
apostadores que este o el otro gane, que si el campeoncito
tiene el compromiso de los patrocinios, que hagamos paro.
Esas son pendejadas. El box no es un circo ni una pasarela,
es un arte, es el espejo de todos nuestros instintos, un espejo
que nos arranca la piel para exponer nuestras entrañas, que
es donde guardamos las ganas de golpear, de morder, de
aniquilar, porque todos hemos sentido alguna vez ganas
de matar a alguien, me vas a decir que no, si bien que
recuerdo las ganas que le traías a mi exesposa, ¡no mames!
A eso deberían subir los boxeadores al ring cada sábado
por la noche. En cada pelea ponen la vida en juego para
que nosotros, quienes los vemos, nos reflejemos en ellos y
a través de sus puños descarguemos toda esa oscuridad de
nuestro instinto para después tirar el espejo al suelo y seguir
con nuestras vidas. Con eso no se puede jugar. No te rías,
Sarita. El boxeo es más que un deporte: es el arte de domar
el instinto y controlar el miedo".

En su habitación, Lupe guardaba su ropa nueva y tiraba a
la basura sus calcetines rotos y sus playeras roídas. También
quiso deshacerse de la que traía puesta y estrenar la camiseta

original del Real Madrid. A su lado derecho, un espejo sin marco y despostillado en sus esquinas, dibujaba la silueta recia pero escuálida de Lupe vestido, por primera vez, con una prenda tan cara. Su mirada parca quedó prendada de la que tenía frente al espejo, ¿quién va a creer que esa ropa tan costosa es fruto de mi trabajo? Cuando salga a la calle dirán que soy un pinche delincuente, pensó despojándose de la camiseta y lanzándola a la cama. Ante su reflejo desnudo, Lupe volvió a recordar la noche del asesinato. "Si eso es lo que eres, ¿cuál es el problema?", le dijo la voz que lo embriagaba de furia, "eres un pinche delincuente que tuvo la fortuna de encontrarse a un don Aníbal que ha sido tan bueno como para dejarte vivo. Ponte la camiseta, que la gente piense lo que le dé la gana. Pelea y cállate y de paso, cállalos a chingadazos".

11

Desde muy temprano, don José ya estaba en el gimnasio dando indicaciones a los pugilistas que empezaban su entrenamiento a las seis y media. El equipo de vendaje, un par de médicos y dos *sparrings* esperaban a Óscar la Sombra Jiménez, que estaba por llegar. Lupe se presentó antes y saludó con timidez a don José. Parecía haberse olvidado de la cita con el nuevo aspirante a boxeador.

—Hijo, discúlpame. Ahorita te atiendo. Espérame aquí.

—Sí, señor. ¿Puedo pasearme por el lugar?

—Sí, sí, adelante. Ya voy contigo. ¡Vamos, ese jab! ¡Y tú… quiero ver más velocidad, cabrón. Pareces señorita! —gritaba mientras aplaudía cerca de un par de muchachos que golpeaban los costales.

Como si estuviera en un museo, Lupe merodeaba entre las peras y los rings. Miraba a todos como si fueran celebridades. Se sentía fuera de lugar, ignorado y, cuando el conserje pasaba con la franela, como un estorbo. Don José Mora seguía vociferando hasta que vio entrar a Óscar por la puerta. Ahí sí abandonó todo y le pidió a su suplente que se encargara de continuar el entrenamiento.

La Sombra tenía 22 años, la ceja alta, la piel muy blanca y unos brazos fibrosos en los que resaltaban sus venas. Gracias a su récord de 22-01-0 (18 KO), retaría al campeón del peso wélter, el irlandés John Connolly, en Las Vegas. Gran pegada, una velocidad como pocas se han visto en el cuadrilátero, buena distancia, pero desde su primera pelea millonaria se había convertido en uno de esos pugilistas que don José tanto criticaba. "Ya se le olvidó que nació en la casa clasemediera de una mamá soltera", reprochaba el entrenador para sus adentros. Óscar se paseaba con presentadoras de televisión y edecanes, bebía, publicaba selfis presumiendo sus billetes e incluso había aparecido en un video pornográfico que recorría la internet, todo aquello sin mencionar sus desplantes arrogantes hacia la prensa y la poca tolerancia que le tenía a sus seguidores. Óscar había resultado ser buena publicidad para su gimnasio, aunque no la que don José hubiera querido.

—Óscar, ¿ya estamos listos?

—Como siempre, mi estimado José —contestó el pugilista dándole una palmada atestada de altanería en la espalda.

—Ve con el médico para que te cheque, te me cambias y te espero para calentar.

Óscar miró a Lupe oculto entre los costales sin prestarle importancia. Cuando este desapareció tras la puerta de la enfermería, Lupe volvió a acercarse silente al entrenador para recordarle su presencia.

—Perdóname, se me había olvidado que estabas aquí. A ver, ven, vamos a pesarte y te voy a dar tu uniforme. Es todo lo que puedo hacer hoy por ti, tengo mucho trabajo y pronto se viene una pelea importante. Pero ya quedamos, ya mero nos vamos al cerro del Otomí.

—Como usted diga.

—Sesenta y tres kilos, superligero. Un metro setenta y cinco. Bien. Aquí está tu uniforme, me avisas si te queda y mándale mis saludos a don Aníbal —estrechó su mano conduciéndolo a la salida—. Que te vaya bien, hijo.

—Señor, ¿me puedo quedar a entrenar? No lo voy a molestar. Puedo ir copiando lo que otros hacen.

—No, mejor no. Mañana ven, que hoy tengo mucha chamba.

Las lágrimas no brotaron a la primera ni a la segunda. Lupe salió del gimnasio y tomó el autobús para regresar a su casa. Pinches mamadores, para qué me hacen venir si van a ignorarme. Me quieren quitar las ganas, quieren que siga en la pobreza de este camión destartalado. Ni madres que vuelvo a bolear un pinche zapato. Carajo, cuántas veces no se los habré boleado a ese montón de creídos. "A la chingada, vas a regresar y al primero que te ve vea como si fueras un leproso, le rompes su madre y listo, te ganas el respeto a putazos. No sería la primera vez que lo hicieras". Ahora no, tengo que recuperarme, me siento herido.

Nadie lo vio llegar a su casa. Lo más seguro es que Diana estuviera en la escuela y su madre echando trago con alguna vecina. Puso el seguro de su cuarto y se tumbó en la cama. La furia creció, explotó y derramó su veneno vuelto llanto, "desahógate si quieres, pero conserva un poco de lo que sientes para cuando regreses a enfrentar a toda esa bola de creídos. Tienes que aguantar vara".

Días después, el Morocho llegó a casa de Lupe. Ansioso, tocó la puerta y desde la calle le gritó para que saliera: "¡Guacho, vení. Tenemos que hablar!".

—Hermano, allá afuera está un señor panzón, canoso, de ojos azules que dice que viene a verte. Llegó en esa camioneta que siempre te lleva y te trae.

—Es don Aníbal. Ábrele la puerta. Yo me arreglo y salgo en chinga.

El Morocho le dio dos golpecitos a la cabeza de Diana y entró. Se paseó por la casa que ya lo estaba deprimiendo, tal vez porque le recordó los tiempos en el congal y la poca ganancia que el oficio le dejó a su madre. Apenas y podía pagar una pobre renta. Cocinaba en cazuelas de peltre, iguales a las que reposaban en el estante de madera de la cocina de Lupe. Y ese olor, ese maldito hedor a pobreza: a mugre, a humedad, a comida rancia, ya le penetraba las fosas y se le impregnaba en la ropa. Le urgía salir de esa pocilga triste que tan rápido y de golpe lo llevó de vuelta a la paupérrima niñez.

—Che, ¿cómo te fue? Mirate, con esa ropa nueva pareces otro —reía intentando salir de prisa— y ya no tenés la venda en la mano.

—Todo está bien, señor.

—¿Y por qué ponés esa cara? No has entendido nada. Todo a tus pies, pibe. Te lo he dicho una y mil veces.

—Señor, sí lo entiendo, entiendo todo. Pero es que… no he entrenado.

—¿Cómo que no has entrenado? —repitió sorprendido.

—No. Fui al gimnasio, pero don José estaba muy ocupado con el mamador ese que peleará en Las Vegas y no sé qué tanta chingadera. Me dio un uniforme y me dijo que regresara luego, y pues ya no quise ir. La neta si me van a ignorar, vale madres.

La sonrisa del Morocho se transformó en una mueca de molestia que ensombreció el brillo de su diente de oro.

Miró hacia arriba, como lo hace el jefe enojado por la desobediencia de un subordinado, y luego dirigió su vista al Rolex que adornaba su gruesa muñeca.

—Disculpe usted, pero la verdad es que sí me encabroné. Si quiere le devuelvo el dinero que me dio.

—No es tu culpa. Vamos al gimnasio para que arreglemos esto de una vez.

12

El Morocho entró al gimnasio junto a su protegido de hombros caídos. Preguntó por don José a los asistentes y se dirigió con paso firme a la esquina donde se encontraba haciendo anotaciones en su agenda.

—Mi querido Aníbal.

—¿Cómo estás, loco?

A Lupe se le infló el pecho cuando sintió el respaldo de aquel poderoso hombre ante quienes lo habían humillado, o los que pensaba que lo habían humillado. "Tienes que aguantar vara".

—Che, ¿podemos hablar un momento? Mejor dicho, escuchame —dijo con seriedad alejándolo de los oídos de Lupe.

—Che, ¿pero qué pasa con vos? El chico me ha dicho que vino y que no lo entrenaste, me lo habías prometido. No, no estoy molesto, entiendo que tenés compromisos. Tus hijos se retiraron, la pelea en Las Vegas, por cierto Óscar, ¿quién es ese Óscar? ¿En verdad crees que tiene lo que necesita un campeón? El pibe se pasa la vida exhibiéndose con putas y peleándose con los reporteros. Boludo, somos de la vieja guardia que no cree en esas pelotudeces de la publicidad y las cerveceras dirigiendo el boxeo. Que se vayan a la mierda las televisoras, lo que queremos es un ídolo. Lo charlamos en la cena de la Comisión, ¿te acordás? De cómo extrañamos los tiempos en que los peleadores eran eso: peleadores y no perritas. Ese Lupe, ese pibe tiene hambre. Peleadores con hambre ya sé que hay muchos, pero este te va a impresionar, te lo aseguro. Dejalo probar, dale la oportunidad de colocarse. Sí, ya sé que no tiene pinta, pero ¿ya lo viste pelear al menos? No lo ignores, de donde menos te imagines puede salir un campeón. Lupe nunca ha boxeado y che, te voy a decir por qué insisto, pero es un secreto, algo que tenés que llevarte a la tumba. ¿Te acordás de José Luis, el subdirector de la textilera? Bien. Lo mató. ¿Eso no te dice nada? Lupe lo mató a golpes para vengar a su hermanita violada por el gordo. A golpes le destruyó la cara. Hubieras visto las fotos del forense, ¿o querés verlas para salir de la duda?

Don José sintió un escalofrío que le recorrió la columna erizándole la piel. Sabía que Aníbal no jugaba con esas cosas. Negó con la cabeza, claro que no quería ver las fotos.

—Hagamos algo. Ahora mismo y en caliente. Subilo al ring con alguno de tus boxeadores. Tomá este sobre, adentro hay cien mil pesos. Si pierde, nos largamosa la mierda. Si gana, vos lo entrenás gratis.

—Morocho, no chingues, hermano.

—Tomá, dale. Qué pasa, ¿no crees en tus peleadores?

—Las cosas no son así, el chico tiene que entrenar, aprender la técnica. No lo arriesgues.

—¡Lupe, vení!

—Morocho, espera ¡chingada madre!

—Su alteza don José quiere verte pelear para saber si tenés el talento necesario para que te honre con su entrenamiento, ¿está bien?

—Lo que usted me diga.

—Pero… —dijo preocupado dándose por vencido— está bueno. Si sale muy lastimado, yo no respondo. Ven Lupe, mi asistente te va a ayudar a calentar y a colocarte el equipo.

Aníbal agarró una silla y se sentó como si estuviera en la primera fila de la función estelar en el MGM. Cruzó los brazos y silenció su celular. Cuando Lupe entró al ring, le aplaudió efusivo ante la mirada de los demás que no dejaban de murmurar sobre su locura. José eligió para la pelea a Marco *el Dragoncito* Olvera, de dieciocho años, sesenta y uno kilos y una larga carrera de *sparring*. Ya había peleado tres contiendas profesionales logrando dos victorias y un empate, y se perfilaba para ser un pugilista regular. La técnica no le ayudaba, era lo que se llama un "pegador", un boxeador que resiste y golpea sin demasiada destreza técnica ni mucha rapidez.

A manera de entrenamiento exprés, el asistente le explicó a Lupe cómo maniobrar con los guantes puestos. Jab, gancho, *swing*… repeticiones, posiciones de los pies, saltos. Cuídate la cabeza y si sientes que no puedes más, avísanos.

Sonó la campana.

Marco golpeó con suavidad los puños de Lupe y comenzó midiendo distancias. Se dio cuenta de que sus brazos eran más largos y planeó la estrategia. Lupe no se podía acercar. Un duro golpe le sacudió la cabeza haciéndolo perder la posición de sus pies que tanto trabajo le había costado sostener. Otro golpe, ahora en el hígado. La cara descubierta, un golpe en la nariz. Lupe no lograba ver a Aníbal, sólo se imaginaba su vergüenza. Otro golpe a la cara. Afortunadamente, usaba careta. El golpe recto no le salía y el gancho, menos. Parecía una caricatura; ni eso, la caricatura de una caricatura. Escuchaba gritos distorsionados que no llegaba a entender. La sangre de la nariz descendió hasta sus labios. Paladeó el sabor metálico que le cambió el semblante. "Nunca más". Nunca más iban a humillarlo, nunca más volverían a abusar de su flaqueza. El que se atreviera a sacarle sangre no terminaría ileso. Nunca más. La cara de Marco ya no era la de Marco. Le dio un golpe recto a su padre ausente, uno mal puesto a su propia madre, a quien castigó también con un primitivo gancho al hígado. José Luis también recibió dos golpes en la mandíbula. Óscar, el altivo Óscar que lo había mirado como si tuviera pulgas, fue tumbado en la lona por la fuerza que le dieron los celos subyacentes en su orgullo lastimado. Nadie, nunca más, me verá y arqueará la ceja, pensó. Ahí estaba Marco, con la mejilla aplastada en la lona intentando levantarse. El réferi intervino demasiado tarde. Sonó la campana.

La campana sonó de nuevo.

Agotado y falto de aire, Lupe se fue a su esquina a quitarse los protectores. Aníbal sonreía con malicia, con una mirada triunfal que don José evadió yendo a la esquina del lesionado. El Dragoncito recuperó el equilibrio y fue llevado a la enfermería. No habría segundo round. ¿Y si era el ídolo que él también buscaba? ¿Y si ese Lupe era un asesino en potencia? O peor todavía: las dos cosas juntas, meditaba don José mientras pasaba todo aquello. Lupe tenía los ojos más afilados que de costumbre. No alardeó por su triunfo, es más, ni siquiera se sonrió. Cuando fue liberado de los guantes, se acercó a Aníbal para recibir los plácemes que necesitaba para reivindicarse como su protegido, las caricias que un cachorro necesita cuando aprende a hacer una gracia.

—Ya se siente mejor —dijo don José a Aníbal con la voz baja.

—Y bueno, qué te pareció —preguntó Aníbal con exagerado orgullo.

—Pegas duro, Lupe. Muy duro. Eso sí, debes entender que para ser de los buenos hay que hacer más que eso.

—¡Ehhhh, la concha de tu madre!, eso lo sabemos ¿Entonces? ¿Lo entrenarás con seriedad? —insistió Aníbal.

Lupe seguía la conversación con los codos recargados en las rodillas, a la derecha de quien ya había adoptado como su amo.

—Estaré muy ocupado en estos días, le había dicho a Lupe. Ya mero nos vamos al Otomí a entrenar a Óscar. Vienes con nosotros, hijo.

Los dos hombres se estrecharon los brazos y don José le devolvió el sobre con los cien mil pesos que Aníbal rechazó. "Tómalo como pago por adelantado. No te vas a arrepentir, el pibe es un campeón". Don José asintió con la boca todavía seca y se fue a su despacho a guardar el dinero. Caminando hacia la salida, Aníbal abrazaba a su muchacho animándolo a festejar el acontecimiento entre alcohol y meretrices.

13

Celeste, que en realidad se llamaba Susana, era edecán, bailarina exótica y dama de compañía. Tenía rostro de treintona y mentalidad de quinceañera. Gustaba, cuando tenía tiempo, de comer chocolates rellenos de cereza frente al televisor. Soñaba, dormida y despierta, con un príncipe azul semejante a los galanes que infestaban las telenovelas: guapos, buenos, sensibles y muy fieles. Vaya contraste con los hombres que casi siempre se le acercaban: viejos casados que, hartos de las carnes flácidas de sus esposas, la usaban como muñeca inflable. Nadie imaginaba el asco que sentía cuando alguno de sus clientes le apretaba la cintura y le lamía las mejillas. Ella no podía evitar pensar en sus esposas durmiendo plácidamente, creyendo o queriendo creer que sus maridos estaban en alguna cena de negocios. Pobrecitas, se lamentaba cuando los tenía tan cerca.

Más que esos lascivos manoseos, le molestaba recibir los chiflidos de las manadas vulgares cuando aparecía en bikini anunciando la marca de una cerveza durante las peleas de box, donde a la voz de "¡chichis!", tenía que sonreír con el número del round que estaba por comenzar. Pinches nacos, ni en el *table* son tan corrientes, se decía y seguía soñando despierta que quizás entre esa muchedumbre se encontraría los ojos del hombre ideal dispuesto a rescatarla, como se leía en los cuentos que desde niña se había aprendido casi de memoria.

Le gustaba observar a los boxeadores cuando pasaban frente a ella de largo y se detenían ante su compañera, una mulata cubana que sin excepción los atraía por el trasero descomunal que no pasaba desapercibido tras su minishort brillante color azul. Ella siempre iba tras bambalinas, Celeste no, y tampoco le interesaba escudriñar así entre la virilidad de esos tipos que a su parecer estaban locos, y eso que la cubana le presumía que no había mejor sexo que el que se sostiene con un hombre con la adrenalina a tope, adrenalina con olor a muerte, pensaba Celeste. "Pero qué tipo de bestia se sube ahí sabiendo que puede morirse. Qué podría ser más importante que el dinero; es que están apostando la vida. Seguramente es cosa del instinto animal, porque de otra manera no puedo entenderlo. Han de ser inmunes al dolor o habrán nacido sin sentido del tacto. Qué horrible ha de ser no sentir, quizás hasta más que sentir. Cuando cumplí quince años, en vez de la fiesta soñada y mi vestido de princesa, el canoso que vivía con mi madre me obligó a dormir con un señor muy feo. 'Pagó mucho por tu virginidad', me dijo orgulloso, y como premio a mi docilidad me compró un par de zapatillas rosas que parecían de Barbie. Sentí que me había ensuciado para siempre. Yo no quería esta vida, Dios sabe que no la quería, pero sin haber estudiado la secundaria, ni la preparatoria, sucia y tonta, ya para qué más iba yo a servir. Hasta mi propia madre, sometida por el viejo canoso también comercializaba y dizque protegía, me repetía una y muchas veces que eso del amor no existía así como yo lo imaginaba, que dejara de pensar pendejadas y de leer el Libro Semanal, que mejor hiciera dinero durante mi juventud para poderme retirar abriendo un salón de belleza o un spa. El amor no existe, me decía mi mamá que jamás dejó a su hombre, entonces, ¿qué la tenía atada a él? ¿El sexo? ¿El miedo? No me importa. Sigo creyendo que encontraré un buen amor. ¡Imagínate, Susana! Imagina un hombre que visite el *table dance* —no porque los frecuente, sino porque lo sonsacaron sus amigos o porque entró por curiosidad—, se enamore de mis ojos tristes y sepa adivinar mis penas. Podría pasar acá, en Tijuana, a donde llegué escapando de mi padrastro-padrote, o quizá cuando junte el dinerito que necesito para irme al otro lado y cambiar de vida. La verdad es que aquí en México la situación está muy difícil para mí, para todos. Los que estamos abajo compartimos las mismas tristezas y la misma desgracia que nos obliga a hacer lo que no queremos, como esos boxeadores que casi siempre nacen entre los pañales rotos de los barrios pobres y se suben al *ring* pensando que tal vez la muerte es mejor que la pobreza. Pensándolo bien, quizás sí soy como ellos, aunque yo sí quiero seguir sintiendo".

14

En la mesa del centro nocturno Lola, Aníbal siguió
alardeando sobre su buen ojo y el gran golpe de suerte que
le dio la vida al poner a Lupe en su camino y aplaudía la
hazaña más que merecidamente.

—¡Vengan, tomen una copa! Yo invito. Esta noche es
histórica. Vamos a festejar al futuro campeón: Lupe, Lupe
Quezada, ¡el *Lobo* Quezada!

Un cadenero y el jefe de meseros aceptaron la invitación
del mafioso. El chofer que parecía un perro, atisba el lugar de
esquina a esquina olfateando las miradas sarcásticas y burlo-
nas para devolverles una amenazante.

—No saben todo lo que hizo, un round y ¡la mierda!,
tumbó al Dragoncito el hijo de puta. Este loco lo mandó al
piso sin haber entrenado.

Sonriente, el mesero alzó la ceja pensando que, o ese
Dragoncito sería menos que un costal o que el Morocho
exageraba, como casi siempre lo hacía.

—No me equivoco, se los digo, este Lupe va a ser campeón —vociferaba con seguridad de pitonisa.

Todos los que ya compartían la mesa, que de pronto eran unos diez, aplaudieron las fanfarronadas del Morocho. Lupe, sin embargo, no prestaba atención a la bulla. Sus ojos estaban fijos en el tubo de la pista principal de baile. Jamás había visto a una mujer tan bella. Era rubia, tenía los ojos muy grandes, tanto, que creía poder ver la profundidad de su retina desde su asiento. Los labios gruesos por el colágeno la hacían parecer una criatura perversa, sexual, completamente sexual, que lo invitaba a la erección.

—Se llama Ivanka, dicen que es rusa o ucraniana —musitó Aníbal cerca de su oído— siempre está ocupada, es muy bella, grosa y muy cara. Sólo se acuesta con políticos y empresarios, de los buenos y de los malos. —Él mismo dejó de hablar para ver a detalle la mirada del chico hipnotizado y lo dedujo—. ¿Che, nunca habías ido a ver putas?

—No, señor.

—Pues vete acostumbrando —dijo con jocosidad.

El Morocho sacó su cigarro de la boca y siguió:

—¿Y has estado con una? —Lupe agachó la cabeza y con vergüenza la movió para responder que no—. Y bueno, no pasa nada, tenés catorce, es normal. No me mires así que no me estoy burlando.

Discretamente tomó su teléfono celular para enviar un par de mensajes por debajo de la mesa. Lupe seguía embelesado ante aquella visión perversa que danzaba entre las luces bajas de la pista de baile, la cintura que se movía serpenteante y los pechos postizos que, por inexperiencia, no sabía diferenciar de los naturales. Para él era perfecta y así había nacido: rubia, voluptuosa, maquillada. Quiso saber a qué olía, sentía curiosidad por ver las partes que cubrían su mínimo bikini y poder palpar su sexo, probarlo, sentirlo. Quería, por primera vez y con verdaderas ganas, coger.

Al poco rato, una chica llegó a su mesa. Era flaca pero bien formada, tenía la cara brillosa y los ojos muy resaltados por la sombra negra y las pestañas postizas. Su cabello era largo, mitad rubio y mitad negro, y a través de sus labios asomaba una dentadura nívea.

—Linda, llegaste pronto, bien —saludó Aníbal mientras miraba su cuerpo de abajo hacia arriba sin mucha discreción.

—Ya sabe querido Morocho, lo que se le ofrezca.

—Lupe, te presento a una amiga.

—Celeste, para servirte.

Ante los ojos de Lupe, que la compararon inmediatamente con la bailarina rusa, Celeste le pareció solo la mitad de bonita, la mitad que pertenecía a su melena dorada. Se levantó del asiento para estrechar su mano con cortés indiferencia e inmediatamente se sentó para contemplar a la mujer que estaba por terminar su número. Celeste le dio su tiempo mientras ordenaba una copa de vino espumoso.

—Es guapa, ¿verdad? —le preguntó rozando su oído con los labios.

Lupe no habló, en cambio, la miró al tiempo que asentía y daba un sorbo a su vaso con agua mineral.

—Lo que tiene de bonita lo tiene de creída. No, te aseguro que no soy envidiosa. La conozco bien y puedo decirte, lastimosamente para ti, que jamás se acostaría con un muchachito. Ella siempre pica muy alto, es más, dicen por ahí que un productor de televisión ya le echó el ojo y pronto la veremos protagonizando telenovelas —le dijo mientras encendía un cigarro.

—¿Y tú?

—No, a mí no me han echado el ojo para hacer telenovelas.

—No, digo que si tú no te acuestas con muchachitos.

—Depende, ¿cuántos años tienes?

—No muchos, ¿y tú?

—Junto a ti… todos —exhaló el humo en su cara.

Lupe, que no estaba prestando mucha atención a la conversación, se enfocó en los labios de Celeste. Olor a tabaco, alcohol y chicle sabor menta. Decidió compararla con la más fea para que saliera ganando. Entre prostitutas y borrachos evocó a Adelita, una chiquilla morena que tenía el cabello largo y una cara simplona de la que sólo destacaba el labial rojo que Lupe detestaba; ni un beso le daba a gusto sin sentir que sus labios se impregnarían del color que propiciaba las burlas de sus compañeros. Tres fajes y a la chingada. Ante ella, ante Adela, sí era mucho más bonita. El vestido azul eléctrico brillaba y atraía como la luz a las luciérnagas; sin la mujer rubia en la pista, Celeste era la reina.

—Voy al tocador, guapo.

Aníbal, que ya tenía a una chica pelirroja sentada en las piernas, tomó a Celeste del brazo e intercambiaron un par de palabras.

Al regresar del tocador, ella tomó al muchacho de la mano y lo levantó de la silla. El Morocho, burlón como siempre, alzó su copa y continuó acariciando con su lengua el cuello embarrado de diamantina que le ofrecía su acompañante. Lupe, una vez más, se dejó llevar por la voluntad de su amo.

15

Era casi la hora de cerrar el gimnasio y Marco *el Dragoncito* Olvera seguía reposando por indicaciones del médico que, por suerte, le había dicho a don José que el pugilista estaba fuera de peligro.

—¿Cómo sigues, chamaco?

—Bien, jefe. Fue un pinche golpe de suerte, nomás. Ya me dijeron que puedo seguir entrenando sin broncas. Eso sí, el morro pega duro.

—Te habrás confiado, porque… a ver, voy a ver qué están haciendo esos cabrones de allá.

Unas risas en la esquina del gimnasio atrajeron a don José Mora, quien sorprendió a un par de muchachos viendo un video en el teléfono celular.

—Y ustedes de qué chingados se ríen —intervino sin dar tiempo a la respuesta, y le arrebató el aparato a uno de ellos.

La reproducción obedecía a la pelea de Lupe contra Marco. Don José regresó el video para mirarlo con detenimiento y entender lo que había pasado en segundos.

Lo repitió tres veces para ver primero los puños de Lupe, luego para observar sus movimientos torpes y otra vez más, para mirar sus ojos con detenimiento. Un animal como esos no es domesticado y un boxeador debe ser humano abajo del ring. Lupe, cerca de Aníbal, era peligroso. Sintió miedo cuando vio los puños sin técnica zangoloteando el rostro del Dragoncito cuando este se tambaleaba. El video mostraba también al Morocho riendo a carcajadas y a un réferi paralizado ante la inverosímil golpiza. "Atención a los ojos de este muchacho. No, él no podría ser el campeón carismático que atrae la simpatía de las masas. Sería más bien el tirano a quien los rivales temen con tan sólo escuchar su apodo. Golpes y saña, ¿qué habrá pensado? ¿Que tenía que matarlo? Sus puños cargaban con torpeza los guantes que jamás se había probado y el dolor de una vida que ha de querer desaparecer con el sufrimiento del rival. Mata al contrincante, mata su sufrimiento ¿Y si no logramos controlar ese instinto? ¿Y si en el gimnasio estuviéramos entrenando a un asesino en potencia? Lupe es el animal que habrá de ser leal a un mafioso que, todos sabemos en Tijuana, es un asesino sádico. Lupe, el animal a quien la vida no quiso dar ni siquiera una caricia, será como un perro fiel para el amo que le dio alimento, no, no como un perro, Aníbal lo dijo bien: como un lobo, y un lobo no se domestica".

16

CELESTE LLEVÓ A LUPE A UN DEPARTAMENTO. Ella subió primero las escaleras contoneando sus caderas, así continuaba con la labor de seducción iniciada en el cabaret. Lupe entró en el juego sin evidenciar mucho las ganas que le tenía. Entraron a una habitación impersonal, como de hotel, donde Celeste se tendió en la cama, se subió la minifalda y se descubrió el escote. Él la siguió, le acarició los muslos con firmeza de inexperto y de golpe rompió la barrera de la ropa.

—Más despacio —le pidió con el ronroneo de un felino domesticado.

—No, así es como me gusta.

Ella, que había conocido mucho de todo, se sorprendió con la seguridad de imberbe cliente tras el primer movimiento. Sus brazos la oprimían con fuerza y, por momentos, pensó que sería asfixiada bajo el cuerpo enjuto de un adolescente. La intensidad subía, los cuerpos jamás siguieron el mismo ritmo porque Lupe tenía el suyo y ella no lograba hacer otra cosa que dejarse usar. Había dolor. Lupe ni siquiera prestaba atención a los gemidos ficticios de la cortesana, lo que en realidad estaba disfrutando era hundir sus dedos en los brazos blancos de Celeste y hundir su sexo bajo un intenso golpeteo en la humedad artificial del lubricante. Al poco rato también dejó de pensar en ella.

Su instinto le recordó la pelea que había ganado por puro golpe sin técnica, la cara del boxeador crecido antes y empequeñecido después del nocaut. Se sintió poderoso. Hubiera podido provocarle a Lupe un ataque de carcajadas. Las gotas de sudor de su frente caían a la de Celeste, que lo miraba de reojo tratando de mantener los ojos puestos en la lámpara de luz suave que dibujaba la silueta de Lupe como si este fuera de vidrio negro. Él se sintió grande, cada vez más. Furia. El orgasmo llegó con un aullido y mordió el cuello de Celeste, quien también por instinto lo empujó con fuerza al otro lado de la cama. Lupe se desvaneció. Su cuerpo, pesado, le clamaba descansar de la pelea, de la desvelada, del sexo; él le obedeció y se quedó dormido casi de inmediato.

Gemidos pausados. Cada vez más. Silencio de madrugada.

Con la sensación del jornalero agotado que ansia su propia cama, Celeste echó un último vistazo a Lupe y tomó sus cosas con delicadeza felina para no despertarlo. Bajó dos pisos y llegó a su departamento. Entró al baño para insertarse un óvulo y cambiarse la ropa. Se revisó el cuello que le punzaba y se palpó los brazos doloridos. Tenía las marcas de una presa que había logrado escapar del depredador. Vaya chamaco, pensó. Su cuerpo olía al sudor agrio de Lupe, a cigarro, a *spray* para el cabello, a desodorante, a humedad, a alcohol, a desvelo…

Pasadas las once de la mañana, el ruido de unos trastos en la cocina despertaron a Lupe.

—¿Cómo estás, campeón?

Envuelto en una bata blanca, como de hotel, Aníbal preparaba un café mientras hablaba con un cigarro sostenido con la dentadura.

—Bien, señor. Todavía un poco cansado.

—Sentate. ¿Y la piba?

—No sé, desperté y no estaba —respondió como si se refiriera a una cosa sin importancia.

—Así es Susana, no le gusta amanecer en otra cama. Es una puta con aires de decencia.

—¿Susana…?

—Susana, Susy ese es su nombre de día.

Lupe fijó la mirada en la taza aguardando que el café hirviente se enfriara. Por un brevísimo momento le intrigó la idea de conocerla como Susana, como mujer de día.

—Señor —cambió el tema—, ¿qué le dijo don José?

—Está cagado, hijo. No se la esperaba.

—Seguro sigue creyendo que no lo hice bien.

—Da igual. Él te va a entrenar, se jodió.

Lupe volvió a posar la mirada en el café que todavía no probaba.

—Ya me voy, tengo que ir a ver a mi hermana. Ha de estar muy preocupada.

Aníbal se cerró la bata que se le abría por la barriga rechoncha y se levantó preparándose para darle un aire de benevolencia a las palabras que estaba por decir.

—Andá y traela. Este será tu departamento y el de tu hermana mientras ganas plata para comprarte lo tuyo. Dale la noticia y decile que conmigo, ella también ha ganado un padre.

El muchacho, que hace poco era menos que un huérfano, instintivamente abrazó al Morocho, quien le respondió con una caricia en la mollera. Cuántos lazos del presente no se ataron con ese gesto de supuesta caridad y cuántos lazos del pasado no se desbarataron con ese abrazo. El café tibio sobre la mesa se quedó sin ser sorbido y Lupe se fue a casa impaciente por ver la cara de su hermana ante la noticia que anunciaba los mejores tiempos.

—Hermano, ¿crees que es buena idea?

—La mejor. Don Aníbal sí es un padre de a de veras.

—¿Y mamá?

—A esa la dejamos aquí. Pobre de ti si le dices en dónde estamos, ¿oíste?

—Lupe…

—¡Ya Diana!, te quedas o te vas conmigo. Por lo menos yo cuidaré de ti, aquí te puede volver a pasar lo que te pasó. Eso sí te advierto: pobre de ti si me entero de que andas de puta. No fui a arriesgar el pellejo para que te pongas a coger con cualquiera, ¿estamos?

Bajo la amenaza, Diana tomó sus cosas, soltó un rezo para su madre y otro más por la salvación de su propia alma. "Que Dios me perdone por decidirme a ser mala hija y buena hermana", pensó dejándose guiar por el jefe de la manada.

17

LA LUZ DEL SOL APENAS SE ASOMABA. Era lunes, cuatro y veinte de la mañana. Lupe fue el primero en llegar. Esperaba en la puerta del gimnasio a todos los convocados para asistir a Óscar *la Sombra* Jiménez en el campamento del cerro del Otomí, donde entrenaría para su próxima pelea en Las Vegas.

Dieron las cuatro y media. Lupe vio llegar a don José, a los médicos, entrenadores y *sparrings*, que por el frío de la madrugada parecían un montón chimeneas exhalando vaho por la nariz y la boca. Ni siquiera lo saludaron. "Aguanta vara". Estaban muy ocupados hablando de pendientes, entrevistas y patrocinios.

Don José comenzaba a ponerse nervioso cuando vio que casi daban las cinco.

—Llámale a este cabrón, no vaya a ser que se haya quedado dormido —indicó a Sergio, uno de sus asistentes—, siempre es lo mismo con este chamaco pendejo.

A las 5:38 de la mañana, Óscar llegó al gimnasio haciendo parpadear las luces de su carro último modelo y tocando el claxon. Frenó de golpe, descendió del auto con las gafas puestas y caminó como si la calle fuera una pasarela.

—Quedamos cuatro y media. Siempre haces lo mismo —reprendió sin alzar mucho la voz para no incomodar al joven pugilista.

—Ya, pues. Ya estoy aquí, viejo. Vámonos.

Las cuatro vagonetas estaban alistadas para transportar al equipo, Óscar decidió de última hora que viajaría en su propio auto, escoltado por su asistente personal. Lupe intentó llamar la atención de don José, pero fue imposible, era como si no estuviera allí. "Me hará las mismas chingaderas", pensó sin saber a cuál de las vagonetas subirse.

—Don José, buenas —se atrevió a decirle plantado frente a él.

—Lupe, qué bueno que llegaste —respondió sin mirarlo.

—Estoy aquí desde las 4:20.

—Sí, ¿qué? ¡Ah, cierto! Te vi. Qué bien.

—¿A cuál me subo?

—¿Qué? —preguntó sin apartar la mirada de Óscar.

—Que a qué camioneta me subo.

—Sí, sí. Espérame tantito, déjame pensar —apresurado llamó a Sergio, un preparador físico que no era el más importante ni el más capacitado, según su apreciación. Era, pues, prescindible del equipo.

—Sergio, él es Lupe, me lo encargó mucho don Aníbal, como sabes.

—Te vi en el gimnasio. Buena pegada, mi chavo.

—Sí, sí... —don José interrumpió el saludo— hay que enseñarle desde lo básico y tú puedes dedicarte a él. Debe aprender los tipos de golpe, los ejercicios de calentamiento, a correr, todo eso. Te lo encargo mucho, ¿eh?, lo quiero bien entrenado, Sergio.

—No se preocupe, yo lo preparo.

—Cualquier cosa que necesites, Lupe, lo ves directamente con Sergio, ¿está bien? Nos vemos. A ver, dónde está Óscar, ya vámonos —refunfuñó mientras se alejaba de aquel pendiente que le parecía un lastre.

Así lo entendió Lupe. Siguió a Sergio, un hombre joven, de sonrisa amable, amplia y ligera, y junto a él se fue al cerro del Otomí, con la cabeza recargada en la ventanilla. A ratos dormía, a ratos pensaba en los lobos y lo mucho que le estaba gustando el mote, en aprovechar el entrenamiento, en la vida, en la muerte. Lupe cavilaba que para ser campeón tal vez no era necesario más que dar rienda suelta al instinto albergado en alguna parte de su cuerpo y que, creía, apenas estaba despertando. "Anda medio pendejo", se reía de sí mismo recordando las veces que le había fallado, como cuando la camioneta de Aníbal lo interceptó sin que se diera cuenta, o como cuando no supo cómo reaccionar ante las humillaciones en el gimnasio. "Ya crecerá y nada ni nadie nos detendrá. El miedo, el dolor y el sufrimiento que vayan y chinguen a su madre".

18

AL LLEGAR AL ESTADO DE MÉXICO, Óscar bajó del auto mascando chicle con la boca abierta. Saludó uno a uno a quienes se le acercaban para hacerse notar ante el futuro campeón de los pesos wélter como el rey a sus súbditos. Todos daban por sentado que ganaría la pelea ante el todavía poseedor del título, el irlandés John Connolly, que ya mostraba los primeros estragos de la edad; a sus treinta y cuatro años ya estaba viejo y listo para dejar el trono al joven prospecto mexicano de veintidós años.

—Es un pinche arrogante —dijo Sergio—, siempre rodeado de escándalos el cabrón. Es que no se toma en serio nada. Todo lo que dice don José le entra por un oído y le sale por el otro. En fin, que el hijo de la chingada está galán y es bueno para el boxeo.

"Imagínate que eres tú el que está en el centro, al que todos tuvieran que rendirle pleitesía", le decía el instinto herido. "Ojalá fueras tú el que estuviera a la vista de todos para poder darle a Aníbal el orgullo de alzarte el brazo con el cinturón rodeando tu pecho como carrillera de revolucionario". "Todo a su tiempo", pensó en voz alta sin desviar la mirada de la escena que ya le provocaba tedio.

—¿Qué dijiste, Lupe?

—No, nada.

—Te explico entonces cómo nos vamos a organizar. Nosotros dormiremos en la misma habitación y mañana muy temprano arrancamos con el entrenamiento, todos en equipo. Doce kilómetros y luego acondicionamiento físico. Luego, te vas a quedar conmigo, tú deja a los demás hacer lo suyo, yo me concentraré en ti. Te voy a enseñar a dar los golpes, a defenderte y también te explicaré las reglas del boxeo. Vamos a estar aquí un buen rato, así que vete mentalizando porque la preparación es dura.

Cuando su jefe le dijo que tendría que encargarse del novato, se sintió rechazado, pues, aunque Óscar no fuera de su agrado, quería ser parte del equipo de entrenamiento del futuro campeón y en cambio le habían encomendado a un desconocido que apenas hace unas semanas boleaba zapatos y cargaba bultos en el mercado. "Ser tan servil no me ha valido para un carajo. Cuántas veces no le pedí estar en la esquina de una pelea estelar. Se lo rogué tanto y nada: que si ahora no, que si todavía no te quedan perfectos los vendajes, que si te falta más experiencia. Estoy pudriéndome como la fruta que nadie quiere comerse. Sin embargo, para este chamaco que no tiene más valor que el que le da un mafioso loco, sí soy alguien. Para él, mis conocimientos sí son muchos y muy valiosos. A partir de hoy seré Sergio, el encantador de lobos".

El equipo se alistó para comenzar el entrenamiento. Doce kilómetros de carrera entre la suave neblina y las primeras horas de una mañana cuyo frío calaba los huesos.

Lupe y Sergio corrían detrás de ellos; las sombras de la sombra. Los primeros tres mil metros marcharon a buen ritmo, pero al pasar la marca de los tres kilómetros y medio, sintió un abrupto dolor en las costillas que le dobló el cuerpo.

—¡Respira por la nariz!, con ritmo. No importa que vayamos más lento, no te detengas.

—Siento que me duele aquí —dijo, agitado, clavando su mano en el costado derecho.

—Camina a paso rápido, vamos.

Lupe sentía que el corazón le palpitaba en la cabeza. El sudor frío ya se le había extendido por el cuerpo y las piernas le pesaban tres veces más.

—Vamos, Lupe, más rápido.

—Es que me duele.

—Mírame, Lupe, mírame bien —dijo Sergio con voz de mando—. Estamos aquí para entrenar, para pelear, primero contra ti mismo y luego contra alguien más. Lo primero sí lo puedes controlar, lo segundo no. Por eso tienes que estar listo. Esta, Lupe, también es mi pelea, así que vamos a seguirle porque no podemos perder por *default*, ¡no podemos! Hoy corremos cinco kilómetros, mañana un tanto más.

"Que el dolor vaya y chingue a su madre". Lupe asintió como niño regañado. Siguió las indicaciones de Sergio y, casi hora más tarde que el resto del equipo, llegaron al centro de preparación física. Unos y otros se golpeaban con los codos dirigiendo la mirada hacia ambos, que con risa burlona fueron señalados, desde el primer día, como los perdedores, los excluidos, los que por lástima o por influencias compartían tierra sagrada con el futuro campeón y su equipo. Si Sergio nunca ha brillado. El otro día me vendó de la chingada. ¿Y el otro pendejito quién es? Yo lo vi pelear con el Dragoncito, le metió una putiza. Pero ese cabrón es un costal, cualquiera le da una chinga. Ese par da pena ajena. Están aquí por el mafioso, ese Aníbal, al que le dicen el Morocho. Dicen que de joven tenía ínfulas de pugilista, luego se clavó en el mundo del boxeo, es amigo del presidente de la comisión y lo peor es que es amigo también de aquel, del innombrable. Ah, no mames, y este güey es su protegido. Así es. ¿Y Sergio? Yo creo que don José le encargó al mafiosito para quitárselo de encima mientras entrena al campeón.

¡Vamos, vamos! ¡Jab! !Upper! ¡Cruzado! ¡Uno, dos! ¡Muy bien! El centro de entrenamiento era un concentrado de gritos, exudaciones y música popular.

—¡No sean nacos, pongan algo tecno! Ya mero vienen los de la prensa —gritó Óscar, con aires de marqués, desde el *ring* donde golpeaba las manoplas de su preparador.

"La chica banda" fue sustituida por "Say it"…

De reojo, don José miraba esporádicamente a Lupe que aprendía a golpear frente al espejo, sin más atención que la de Sergio. Observaba sus cejas prominentes que, al arquearlas, le remarcaban unos surcos en la frente. En un par de segundos podía ver su mandíbula poderosa, sus adustos labios y su cuerpo siguiendo órdenes. Atención a los ojos. Los ojos de Lupe decían todo sin que él tuviera que abrir la boca.

—Mueve así tu cuerpo para dar el jab. Bien, cuida la posición de tus pies. No des el golpe tan rápido, primero aprende bien cómo se hace.

—¿Así? —repetía Lupe.

—Bien, ahora con la izquierda.

Siguieron el uppercut, el crochet, los cruzados y el swing. Rehacía los movimientos frente a él mismo escribiendo en su mente las lecciones de Sergio. "Juego de pies, cuida tu postura, movimiento defensivo, uno, dos, jab, gancho, lo vas haciendo mejor. El uppercut te sale bien. Cuida tu guarda. La cosa está, mi estimado Lupe, en entender que el boxeo se trata de golpear a tu adversario y esquivar sus ataques. Tienes que ser el más rápido, el más fuerte, el más letal".

Un reportero a llegó a entrevistar a Óscar, que inmediatamente se puso sus gafas de sol y se metió un chicle a la boca. En cuanto se encendió la cámara, todos se acercaron a él.

—Mira cómo se ponen. Todos quieren salir en la toma, hasta don José. Parece mentira que siendo un entrenador tan prominente caiga en el pinche circo. Parece perro faldero.

—Y qué se me hace que usted también quiere ir para allá. Ande pues, yo lo espero afuera. Total que no soy del equipo ni nada. A mí me vale madres.

Mintió. Sergio sí hubiera querido estar ahí, cerca de los micrófonos. Le hubiera gustado llevar puesta la camiseta azul con la silueta de Óscar decorando su espalda y aplaudir ante los acertados golpes del pugilista en el ring de entrenamiento. Claro que hubiera querido estar con todos adulando al futuro campeón, pero su lugar, bien se lo había dicho don José, estaba junto a Lupe.

—Ni madres, mejor vamos a comer algo que esto va para largo.

El camino sin pavimento que conducía del gimnasio a la cenaduría de Temoaya se recorría a pie. Lupe siguió a Sergio sintiéndose cómodo, como en aguas tranquilas, hasta llegar al deteriorado lugar que también le aligeró la carga de las pretensiones del nuevo mundo al que se había sumergido. Lupe por fin respiró y pudo comerse un pozole sin sentirse observado.

—Oye, Lupe, ¿te puedo preguntar algo? Es que casi no hablas, pero bueno, si te molesta no me contestes.

—Dígame, pues.

—¿Qué negocio te traes con el Aníbal ese?

—¿Negocio, de qué o qué? —Lupe asomó, entre la servilleta que limpiaba sus labios, una risita cínica.

—Pues sí, es que todos sabemos quién es él y pues…

—Digamos que es mi papá. Yo también sé quién es él y créeme, Sergio, es una buena persona.

—No, si no lo dudo, ¿cómo? ¿Es tu papá? —preguntó sorprendido.

—No me expliqué bien. A él le gusta el boxeo y supo que yo era bueno para los trancazos, me probó y ahora cree que puedo llegar a ser campeón, es todo.

—Lupe…

—Dígame.

—No, nada. Nomás ten cuidado, mijo.

19

TIJUANA VIOLENTA

TIJUANA, B. C. Oficialmente, esta ha sido la temporada más sanguinaria para Tijuana en toda su historia. Con dos homicidios registrados hasta el cierre de esta edición, la ciudad superó las novecientas muertes violentas en lo que va del año.

De acuerdo a la Procuraduría, el narcomenudeo es la causa por la que se ha registrado tal nivel de violencia en la ciudad, pues se presume que más del ochenta por ciento de los asesinatos se han cometido por la guerra que existe entre quienes se dedican a dicho negocio.

Los homicidios

Ayer por la tarde, un agente de la Policía Municipal recibió el reporte de un ataque armado. Al llegar la patrulla al lugar de los hechos, fue hallado un elemento de la corporación con dos impactos de bala cuando salía de su casa.

Los vecinos que prefirieron mantenerse anónimos, explicaron que escucharon, por lo menos, diez detonaciones.

El segundo homicidio se registró también la tarde de ayer. Un hombre de entre cuarenta y cuarenta y cinco años de edad fue encontrado con un disparo en la frente en una de las calles principales de la delegación La Prensa. Agentes ministeriales levantaron el cadáver y ya hacen las indagatorias correspondientes para dar con los responsables de este y del homicidio del policía municipal.

"Puta prensa. Así no se puede. Dónde están las palabras que paralizan el corazón como si fueran veneno de serpiente. Prensa vendida. Claro, seguro los periodistas le hicieron caso a los secretarios y gobernantes: nada de amarillismo para que la gente no se altere, ¡carajo! Si la realidad en México ya es amarilla ¡qué digo amarilla, es roja! Ahora quieren venir a disfrazarla con tintes oficiales e información que no dice nada. El ultimado, el finado, narcomenudeo, todo muy bonito, cifras y ya está; nadie dice la verdad. Que digan que los cadáveres no tenían manos, que fueron desollados y que portaban mensaje. A ver, ¿por qué ya no lo dicen? ¿Quieren hacernos creer que vivimos en un país que no existe? Ahora resulta, boludos de mierda, que en Tijuana la sangre se derrama a causa del narcomenudeo Que suene a pequeño, a menudo, a poquita sangre. La guerra sigue y será más y más violenta. Vamos a seguir matando hasta que todos nos ahoguemos en sangre y no haya manera de calmar a la gente con cifras y noticias pendejas. Si la prensa no quiere reproducir los mensajes que dejamos en los cuerpos, entonces vamos a repartirlos nosotros como si fueran volantes con su respectivo muertito. Miedo, miedo es lo que van a sentir todos, ¡la concha de su madre! Aguilar, comunícame con el Señor. Ya verán, ¿querían mover México?, pues nosotros lo vamos a paralizar".

20

A un mes de la pelea, Óscar *la Sombra* Jiménez se veía mejor que nunca.

Cada golpe era certero, su velocidad sorprendía a los *sparrings* y don José, aunque incómodo con la altanería del joven boxeador, estaba contento con todos los reflectores que iluminaban su carrera. Ya se lo había repetido en muchas ocasiones: "humildad, Óscar, te falta humildad. Un verdadero ídolo, si es que quieres llegar a serlo, tienes que ser ante todo un ser humano sencillo. No hables tanto, no te muestres tan engreído, deja las fanfarronerías a un lado y si quieres atacar a tu contrincante hazlo, pero en el ring, no abajo. ¡Y no me des palmadas en el hombro que no soy tu mascota, chingada madre!".

Ante el espejo, Lupe practicaba los movimientos aprendidos y saltaba la cuerda con más velocidad. Poco a poco, los doce kilómetros se le hicieron cosa fácil, y aunque hubiera podido rebasar a algunos, prefería mantener un ritmo más lento, permanecer detrás del equipo al que no le dirigía la palabra. Estaba conforme con seguir siendo sombra de la sombra.

Nadie le había dicho que debía seguir la dieta, pero él imitaba a los demás y comía lo que todos: arroz, proteínas y vegetales. Sergio le vendaba los puños y con la práctica él también mejoró su técnica. Se dio cuenta de que Lupe sí golpeaba, y fuerte. Don José, pese a estar enfocado en la pelea de Óscar, iba notando el progreso de Lupe y se entusiasmaba —más bien, se sentía aliviado— por estar cumpliendo con los caprichos del mafioso que de vez en cuando le llamaba para preguntar por su protegido.

—Va bien, mi querido Aníbal. Tiene buena pegada, aquí hemos estado pendientes de sus avances.

—Muchas gracias, José. Sabes que confío mucho en vos. Lupe es como un hijo y tengo toda mi fe puesta en él.

—Tranquilo, que aunque tengo la pelea de Óscar no he perdido de vista a Lupe.

—Che, ¿y ya lo probaste?

—Morocho, todavía no es necesario que lo pruebe, el chico primero tiene que aprender a pegar, la técnica, la teoría. Ya vendrá el momento de subirlo. Demasiado tuvo la otra vez.

—Pero ganó.

—Ganó, sí, pero quizá por suerte. No te digo que no tenga pegada, parece que tiene posibilidades, pero no tentemos a la suerte. El boxeo es cosa seria.

—Y bueno, si vos decís, vos sos el entrenador. No quiero desconcentrar a Lupe, mandale saludos y nos vemos por Tijuana. Adiós, mi amigo.

—Hasta pronto.

21

Como era de esperarse, Óscar *la Sombra* Jiménez noqueó al irlandés en el cuarto round. El escenario de Las Vegas reverberó con la presencia del nuevo rey. Hubo gritos, voces furiosas y porras para el nuevo rey del pugilismo. Óscar, demostrando maestría y fuerza, ganó el cinturón y se coronó como campeón del mundo en peso wélter. Pinche envidia, pensó Lupe, quien todavía no podía siquiera subirse a un ring amateur.

"Yo siempre he sido muy agradecido con todo mi equipo, que es como mi familia. Don José es como mi padre y siempre hago caso a sus consejos. Gracias a él ganamos esta noche. A todos mis fans quiero agradecerles por seguirme, por apoyarme y creer en la Sombra. Les mando un beso a todos y gracias. ¡Ya somos un millón en Instagram!".

—Ese pinche mamador ganó y noqueando. Ahora sí no habrá quien lo aguante —vociferó Lupe al tiempo que aventaba el control remoto a la alfombra.

—Hermano, a ti qué más te da.

—Nada más habla y hace pendejadas para que lo entrevisten al puto.

—Ya, pues, apaga la tele y vamos por unos tacos.

—Dianita, greñuda, no puedo comer eso, pero hazme una ensalada con pechuga, que ya me dio hambre.

Era casi media noche de sábado cuando sonó el timbre, cosa rara para los dos muchachos solitarios que, en los meses que llevaban viviendo en el departamento del Morocho, no habían recibido la visita de alguien que no fuera su benefactor o el chofer que parecía un perro.

Una chica de cabello largo, bonitas formas y sin maquillaje, se presentó en la puerta. De momento, Lupe la desconoció. Era difícil identificarla sin esa mitad de pelo rubio, sin tacones y con ropa deportiva que no le favorecía la figura.

—Celeste, pasa. Tanto tiempo sin verte.

—Y eso que somos vecinos, mi querido Lupe. Pero no me digas Celeste.

—Perdona, Susy. Diana, te presento a Susana, nuestra vecina.

—Encantada. Pues miren, me imaginé que estarían viendo la pelea y traje algo de cenar. Algo que un boxeador pueda comer, por supuesto. Soy buena haciendo dietas. Miren: arroz con vegetales y una carnita asada, ¿qué tal?

—Riquísimo, voy a poner la mesa —adelantó Diana agradecida con la espléndida vecina, adivinando, por las miradas de su hermano, la intención de la visita. Por eso no lavó los trastos y se fue inmediatamente a su habitación recién terminó de cenar. Total, su hermano era hombre y a sus quince sabía bien lo que hacía, no tenía nada que perder, los hombres nunca pierden, las mujeres sí, siempre, como ella, que jamás podría recuperar lo que le arrebataron bajo la falda. Maldito gordo, ya estaba muerto y le seguía jodiendo la memoria. "Es como si me siguiera violando durante mis horas de sueño". Diana jamás dormía a oscuras.

—Mi querido Lupe, ¿y cuando saltará al ring?

—No sé todavía y es lo que me tiene agüitado. Don José estaba muy metido en el entrenamiento de Óscar y ahora que ya pasó el desmadre quizá me voltee a ver.

—Estuvo bien curada la pelea —dijo con coquetería mientras le daba un sorbo a su cerveza.

—Es un pendejo, pero ganó bien.

—Dime, ¿cómo es Óscar? ¿Por qué le dices así?

—Es un creído, nomás. Mejor cambiamos de asunto. ¿Te quieres quedar a dormir? Total, no veo que hayas ido a trabajar.

—Ay, Lupe, eres tremendo.

—Bueno, si no quieres, no.

—Yo no he dicho que no. ¿Por qué no vienes tú a mi casa? Así te enseño dónde vivo, dónde duermo…

—No, mejor aquí.

Se quedó unas horas y antes de que Lupe despertara, salió de puntillas de su habitación con la ropa mal puesta y el cabello alborotado. Algo tenía que la atraía. Le gustó que la impregnara con su olor a sudor avinagrado, como si hubiera marcado territorio en su cuerpo. Ay, Susana. Su corazón latía distinto cuando pensaba en él, ¿y si hubiera encontrado a su príncipe? Qué lindo era cerrar los ojos y soñar con Lupe ganando una pelea estelar y ella, a su lado, alzando su brazo y besándolo como en las películas donde el campeón agradece el apoyo del amor de su vida. "Susana, no mames, este Lupe todavía ni se ha subido al ring, ¿qué te pasa? Apenas tiene quince años. Lo que estás cometiendo es un pinche delito". Fue inevitable fantasear. Quizá estaba ante una bella historia de amor que principiaba: "todo se lo debo a ella que siempre creyó en mi, ella que ha permanecido a mi lado desde los tiempos en que no era nadie", soñaba recostada sobre su almohada en forma de mariposa. "Tengo que dejar de ver tantas pendejadas en la televisión", caviló jocosa.

22

Después de la contienda, el Morocho le hizo una visita sorpresa a don José. Verlo en la entrada de su casa le revolvió las vísceras. Sonrió con cortesía y lo hizo pasar a su sala, donde habitualmente se recostaba a contemplar los recuerdos de sus "buenos tiempos".

—¿Quieres tomar algo, mi amigo?

—No, no. Sólo vengo a saludar y a preguntarte qué pasa con mi chico, decime, ¿cómo lo ves?

—Es muy pronto para subirlo a pelear, como te lo había dicho antes.

—Antes.

—Antes, Aníbal, hace muy poco. Tiene que aprender la técnica y los golpes, no podemos arriesgarlo.

El Morocho se levantó del sofá alejándose de los argumentos que le incomodaban por no entenderlos, su respiración se agitaba alterando también la de don José, que suavizó el tono de su voz para calmar al mafioso impulsivo que, como todos sabían, siempre tenía un arma oculta.

—Amigo —siguió mientras lo observaba encender un cigarro— yo sé que tienes muchas esperanzas en el chico, vamos a hacer lo posible para que tenga carrera. Sergio me reporta sus avances y…

—¿Sergio? ¿Quién carajo es Sergio? ¿Pero qué vos no lo entrenás?

—Aníbal, entiende, te lo suplico. Teníamos la pelea de Óscar, ya salimos de ese compromiso, ahora me puedo concentrar en Lupe.

—¿Cuánto?

—¿Qué dices?

—¿Cuánto más quieres?

—No, Aníbal, ya no se trata de eso, yo no lucro con mis muchachos, ni que fuera un…

—¿Un qué? —interrumpió Aníbal animándolo a no completar la frase, por su bien.

—No… nada.

—Vos no tenés fe en Lupe.

—Tengo que verlo en el ring.

—¡Y cómo mierda lo vas a ver en el ring si no lo subes a uno! —respiró profundo de nuevo, levantó el cigarro que había azotado en la mullida alfombra y miró fijamente a don José—. Perdoname, che. Hace rato que no veo a Lupe, he tenido compromisos, cosas qué hacer, viajes y no sabía nada de esto. Voy a aprovechar que don Checo Leimann está en su casa de San Diego para hablar sobre los planes que tengo, voy a llenar los formularios y arreglar las cosas para poder acelerar su subida al ring amateur, ¿no te molesta?

—No. Claro que no.

—¿Cuento con vos?

—Ya sabes que sí, amigo.

—Bien, ya me voy. Salúdame a tus hijos y a Sarita. Que estés bien.

El Morocho cerró la puerta tras de sí y don José respiró hondo. Sus manos, sacudidas por el pulso acelerado le impidieron servirse un whisky a la primera. "Pinche mafioso, pinche chamaco enclenque, ¡pinche susto!". Don José no quería reconocerlo: sentía aversión por Lupe.

23

EN UNA CASA RODEADA DE UN FASTUOSO JARDÍN coronado con una imponente alberca hombres que cocinaban y llevaban carnes asadas de un lado al otro, el Morocho y don Checo, presidente de la Comisión Internacional de Box, se reunían para platicar sobre el niño que había sido descubierto por el aspirante a promotor de boxeo. Le contó la historia del pobre bolerito de ojos chiquitos y penetrantes que merodeaba por el centro de Tijuana y trabajaba para ganarse unos pesos con los que ayudaba a su hermana y su pobre madre. Le platicó también que lo había descubierto en un torneo de barrios y que le había sorprendido la manera en que se había fajado, sin experiencia, ante un pugilista evidentemente más experimentado. "Y le ganó, mi Checo, le ganó. No es algo nuevo, todos por estos rumbos saben de mi afición por el boxeo y cuando vi al pibe, con tanta decisión y tanto poder, supe y sé que el chico tiene algo. Me he vuelto su benefactor, su amigo, y te cuento que ya entrena con don José Mora quien, igual que yo, le ve mucho potencial. Lo que quiero, querido amigo, es apresurar esto, entiendo cómo es este ambiente. Me gustaría llenar los formularios lo antes posible, ¿me entendés? Subirlo a pelear como amateur, comprar espacios, publicidad y contar con toda tu ayuda. Te aseguro que esta vez he descubierto a un peleador que será ídolo, Checo, ya verás".

Divertido hasta la incredulidad, el presidente de la comisión alzó la ceja. Pinche Aníbal no cambia, pensaba mientras comía la carne asada con guacamole y las tortillas hechas a mano que degustaban en el jardín de su casa. Sin apresurarse, meditó en la respuesta que le iba a dar al Morocho. Sorbió su cerveza sin prisas, limpió la grasa que brillaba en las comisuras de su boca y, tras el eructo que salió cuando golpeó su pecho, le dijo:

—¡Órale! Te voy a ayudar, va. Pinche Morocho, a ver con qué cosas me vas a salir, cabrón… ¿Cómo dices que se llama tu descubrimiento?

—Lupe, Lupe *el Lobo* Quezada.

—¡El Lobo! está chingón. Me gusta.

Un abrazo selló el pacto. El Morocho tendría todo listo para subir a Lupe al ring amateur en menos de un mes y a partir de ese combate, sería cuestión de tiempo para que el muchacho se convirtiera en una promesa del boxeo nacional.

—Oye, ¿y cuándo crees que pueda saltar al ring profesional?

—Pues yo calculo que a los dieciocho si es tan chingón como dices.

—Unos tres años, de a ocho peleas por año. No, no me dan los números.

Son aproximadamente cuarenta y dos los que un boxeador amateur necesita para escalar el peldaño.

—Para eso estamos los amigos —lo animó dándole una palmada en la espalda— de eso me encargo yo. Tú ocúpate de su preparación y yo de los números. Cuando esté listo, me avisas. Eso sí, que sea mayor de edad, ya sabes, para evitarnos complicaciones por si, Dios no lo quiera, algo le llegara a pasar.

—Descuida, que yo me encargo. Tres años, che. Tres años para que mi muchacho sea lo que yo siempre quise ser —dijo como si estuviera flotando entre nubes.

24

Dos notas se leían en el número treinta y seis del diario *Récord Deportivo*. Una ocupaba el titular, la otra estaba impresa en la página interior, con fotografía en blanco y negro.

La Sombra se corona nuevamente como campeón

Las Vegas, Nevada. Óscar *la Sombra* Jiménez se corona nuevamente como campeón del mundo, esta vez en la categoría de los pesos superwélter (154 libras), ganando por decisión dividida la contienda contra el norteamericano Steven "the Rock" Sanders que, a sus treinta y siete años, le dio batalla al pugilista mexicano de veinticinco años que no termina de convencer a la afición.

"Siempre habrá detractores, aunque hoy demostré que soy un campeón de élite y lo seguiré demostrando.

Voy por la defensa del título y luego buscaré la unificación del título", declaró después de la pelea.

En las redes sociales, los comentarios se inclinaron, como es costumbre, a la crítica del boxeador al que, dicen, le falta mucho por demostrar.

"La Sombra está en la cima, es la estrella, es su mejor momento, pero no se le puede comparar con la élite del boxeo mexicano".

"Yo vi ganar a the Rock, que no mamen los jueces, ¿qué no vieron a la sombrita correr por todo el cuadrilátero".

"Pinches peleas vendidas. La Sombra no ganó, fue un robo clarísimo. Nada más por que es la modelito estelar de la televisión le hacen la balona. Tanta protección ya nos tiene hasta la madre".

"Sí, a huevo, le ganó al norteamericano de treinta y siete años que ya está en las últimas. Así hasta yo, pinche sombra".

NACE UN NUEVO TALENTO EN LOS RINGS DE TIJUANA

TIJUANA, BAJA CALIFORNIA. Su nombre es Guadalupe *el Lobo* Quezada. A sus dieciocho años se ha convertido en una de las grandes promesas del boxeo mexicano. Su promotor, el empresario Aníbal Palermo, nos cuenta que hace unos tres años lo descubrió en un humilde torneo de barrios en Tijuana. Lupe lleva a la fecha un récord de 40-0 (35 KO) en peleas amateur y se espera que su debut como boxeador profesional, el próximo mes, sea una verdadera revelación. La arena de la Ciudad de México será la sede del encuentro entre la promesa nacional contra el filipino Crisento Navea, peleador difícil, clasificado como el número doce en el *ranking* de la Comisión Internacional de Box de los pesos wélter.

Don José Mora, quien también es el entrenador del campeón del mundo Óscar *la Sombra* Jiménez, ha preparado a Lupe en el mismo gimnasio.

—Lupe, ¿qué se siente entrenar al lado de un campeón como Óscar?

—Pues la mera verdad casi no lo veo, él tiene un lugar especial o entrena en un horario diferente, me imagino.

—Pero ¿no coinciden? ¿No te resulta inspirador?

—Mi inspiración es la afición, los mexicanos que merecen peleas de calidad y sentirse orgullosos se sus boxeadores. Nada más.

"¿A quién o qué estaré entrenando? ¿Qué hay detrás de esos ojos de pupila vacía? Le digo pega y pega, le digo salta y salta, le dicen come y come. Callado, siempre callado va caminando detrás de Aníbal. ¿Qué hay detrás de las pupilas de Lupe? Nada, y detrás de la nada, hasta el fondo, en sus vísceras, una furia de animal rabioso", meditaba don José, luego de leer el diario deportivo en el aeropuerto de Las Vegas, donde Óscar, el *influencer*, seguía dando entrevistas tras unas gafas de diseñador.

Costales, pera y luego, Sergio con las manoplas lo capoteaba en el ring como a un toro enfurecido. Lupe, concentrado, hacía caso a las indicaciones de su preparador sin chistar, sin preguntar por qué, sin pedir que cambiaran la música por una "menos naca". El sudor goteaba de las puntas de sus cabellos que parecían espinas, su frente ya estaba bañada de agua salada y en sus músculos se cundía un ligero y constante dolor. Lupe era masoquista.

Sergio seguía moviendo las manoplas, las pasaba sobre su cabeza como un platillo volador. Izquierda, derecha, uno, dos, dos, uno, bien, Lobo, vas bien. ¿Puedes seguir? Lupe asintió rápido para no perder el ritmo, vamos, cinco minutos, uno, dos. Aníbal contemplaba el entrenamiento sin prestar mucha atención. Había mucho por hacer en Tijuana, asuntos qué resolver con su familia y Ana, esa Ana que no tenía para cuándo llegar a la ciudad. "Después de nuestro viajecito a Italia se regresó a San Diego, la guacha. Y yo que pensé que por fin se quedaría aquí conmigo". Los hombros le punzaban y la cabeza casi le reventaba por la migraña que le había dado, según él, de tanto pensar. Se sobaba su diente de oro con el dedo pulgar mientras miraba los puños de Lupe, tan rápidos y contundentes en las manoplas de Sergio.

—¡Tiempo! —gritó el preparador.

Con la toalla colgando de su cuello, Lupe se acercó a Aníbal.

—¿Todo bien, señor?

—Ahí vamos, hijo. Tranquilo.

Se colocó en cuclillas y luego de limpiar el sudor que todavía le escurría por las patillas, le dijo:

—Usted sabe que cuenta conmigo para lo que sea.

Aníbal, que no cesaba de sobar su colmillo de oro, vio fijamente a Lupe y con la seriedad que ameritaba decidir lo que venía, lo tomó del hombro:

—¿Estás seguro?

—Ni lo dude.

—Ve a bañarte. Vamos a dar un paseo. ¡Por hoy se acabó el entrenamiento! Gracias, Sergio.

25

Se llamaba Julio y le dicen el Cachetes. Trabajaba como jefe en una zona de Tijuana que, ya se había acordado, pertenecía al Cártel de el Señor, quien estaba molesto con el Morocho por no poder ponerle un alto a la situación que provocaba pérdidas multimillonarias. "Si no puedes con esto, voy a tener que darte un correctivo o todo esto se va a salir de control", lo había amenazado con justa razón, según él. Cómo era posible que justo en sus narices ese tal Cachetes pasara mercancía a Estados Unidos. Era una afrenta en medio de una guerra que siempre podía tornarse más sanguinaria.

—Mis negocios son cosa difícil —le explicó mientras viajaban en el carro. El chofer estaba sorprendido por las explicaciones de su jefe, que siempre había guardado distancia entre las personas cercanas y su trabajo en el cártel—, muchos piensan que soy un hijo de puta, un matón, ¿quién lo dice? El gobierno, como si ellos no mataran, como si no vinieran los muy delincuentes a pedirme favores y dinero. No, Lupe, este país, todo él es una mafia… ¿me entendés?

—Creo que sí.

—Y bueno, yo debo cuidar mis intereses, mis cosas. De mi trabajo dependen muchas personas, vos también Lupe, vos también.

—Comprendo.

—Bueno, mirá que hay cosas que no salen de mi cabeza, una de ellas es el Cachetes, está operando por acá y ya habíamos pactado que esta era mi zona del Señor. Seguí derecho —indicó al chofer para que continuara sobre la avenida principal—. Hace, deshace, y el patrón ya se enojó, tanto que si no le damos una lección, el jefe me la dará a mí.

—Entonces hay que darle un escarmiento al mentado Cachetes.

El teléfono de Lupe timbró. Aníbal asintió con la cabeza permitiéndole responder la llamada.

—¿Qué quieres? ¿Verme esta noche? ¿No tienes que trabajar? Hoy no puedo, te veo mañana. Sale, adiós.

Era Celeste —Susy de día— que desde que empezó a frecuentar la cama de Lupe había asumido el rol de novia sin que nadie se lo pidiera. Lo acompañaba a las peleas cuando él le daba permiso, le preparaba la cena y veían la televisión en sus ratos libres, todo a cambio de la indiferencia de quien apenas y le prestaba atención cuando se desnudaba frente a él.

—¿Te gusta que siga trabajando en el Lola?

—Es tu trabajo.

—Pero ¿te gusta que otros hombres me vean?

—Yo no tengo por qué meterme en tus cosas.

—Entonces yo no tengo por qué meterme en las tuyas, ¿no?

—Tú lo dijiste.

—Lupe, ándale, dime ¿qué somos? —le preguntaba normalmente después del sexo.

—Ay, carajo Susana, ya déjame descansar que mañana tengo entrenamiento —y le daba la espalda.

Estaba bien, a ella le gustaba dormir abrazada a la espalda del joven, cada vez más fuerte, más dura. Su semblante se iba pareciendo más al de los neandertales de los libros de historia: frente prominente, ojos pequeños, labios gruesos y quijada poderosa. Tenía una manera de hacerle el amor que la obligaba a olvidar que era unos cinco años menor que ella. Qué cagada esa de enamorarse de alguien que para colmo, ni caso le hacía. Pero como era joven, veía potencial en él para que cambiara. "Cuando llegue muy alto se dará cuenta de que yo he estado ahí desde el comienzo de su carrera", pensaba mirándolo dormir bajo la tenue luz del teléfono celular que tenía encendido para chismorrear en sus redes sociales. Le provocaba celos ver a sus amigas presumir sus noviazgos. Lupe le tenía prohibido subir imágenes de ellos juntos o comentar algo sobre su relación, "es que son tonterías", argumentaba, "luego se te va a ocurrir subir fotos con corazoncitos", además, ellos no eran novios, ni amigos, eran compañeros de cama, de sexo y ya.

Para ella, que había consultado muchos libritos de autoayuda y artículos de psicología en las revistas femeninas, su comportamiento era lógico. Era normal que se sintiera solo, sobre todo desde que su hermana se había ido a vivir con el cantante de banda que había conocido apenas un año atrás, "y cómo no se iba a ir con él, tan guapo que está, y tan hablador el cabrón. El hermano siempre entrenando y ella en terapia dizque porque no podía conciliar el sueño. Le salió más barato conocer a Martín. Recuerdo bien el momento: Ay, Dianita, qué ojos de borreguito pusiste cuando lo miraste en el escenario tocando la trompeta de la banda. Noté que tu vida cambiaría para siempre, que habías encontrado el amor de un flechazo cuando él te devolvió el coqueteo con un guiño y una canción dedicada a "la muchacha con los ojos más bellos que había visto en su vida". Hubo intercambio de teléfono y hasta un beso te dejaste dar. Estabas tan cambiada, con tu cabello rubio y esos pechos operados que te hacían la cintura más pequeña. Y yo tan preocupada de que tu hermano no se diera cuenta del amorío. No le digas, no le vayas a contar, me repetías una y otra vez. Cómo se iba a enterar si siempre estaba entrenando o en las parrandas con Aníbal, dizque preparando su debut como profesional... ¡y que te vas sin avisarle! Mírate ahora, 'en una relación' presumiendo tu nueva apariencia, sin terapias ni medicinas para el insomnio. Estoy segura de que ahora sí te acuestas bien cansada. Cabrona".

¿Qué es un sicario? Y no pienses que yo soy uno. Un sicario es un hombre que tiene a la muerte como compañera de oficio. Un tiro, una cuchillada, un golpe, cualquier cosa pero certera, eso es lo que hace un sicario profesional, aniquilar pero sin salpicar, sin errores. Imitadores hay muchos, che, igualito que en el boxeo, donde están los profesionales y los pendejos que se creen profesionales. El verdadero sicario mira a su víctima, se acerca y ¡fuá! un plomazo, nada de escupir tiros, uno, sólo uno certero, preciso, en la cabeza y, como recompensa, la satisfacción de su patrón. El sicario de verdad, Lupe, no tiene necesidad de hacer sufrir a su víctima porque esta ya está sufriendo desde que sabe que lo van a matar. No, yo no soy un sicario, no lo creo, porque voy a decirte un secreto: a mí sí me gusta que sufran los hijos de puta.

Lupe siguió los pasos de Aníbal que continuaba hablando mientras lo guiaba por su casa —era la primera vez que la visitaba—. Conforme bajaban las escaleras, el ambiente se volvía más frío y oscuro. Un par de voces se dejaban oír con mayor claridad conforme se acercaban a un punto de luz: un foco que pendía del techo columpiándose, como los de los confesionarios de las películas gringas. Por un instante, Lupe recordó la lámpara de su casa y esas paredes húmedas evocaron a su madre y su madre al olor de licor barato, el mismo que estaban bebiendo, en aquel sótano, un par de hombres con pasamontañas y ropa negra. Su madre, su verdugo…

—¿Dónde está el Cachetes, hijo de la chingada?

—No sé.

—¿No sabes? ¿Quieres más toquecitos?

—¡No, no! —gritaba cómo niño asustado un hombre desarrapado, atado a una silla.

—A ver, cabrón —dijo uno de los encapuchados—. Me voy a traer la manta.

—¡La manta no! ¡La manta no, por piedad!

—Ahora lloras, ¿verdad, pendejo? Eso sí, muchos huevitos para no decirme dónde está tu jefe.

Entre los lamentos del sujeto, que tenía la cara hinchada y roja, Aníbal y Lupe entraron a la escena.

—Morocho.

—Soy yo, perro.

—Juro que no sé dónde anda el Cachetes, por mi madre.

—¡Por tu madre! ¿Quién te manda a meterte en esto? ¿No sabías que es nuestra zona? ¡El quilombo que armaste!

—Yo nomás sigo órdenes.

—Del Cachetes.

—Sí, patrón.

—Así, con respeto, patrón para ti.

Lupe miraba la conversación sin gesticular, como la parca a la espera de llevarse un alma del que ha de perecer.

El lugar olía a muerte, como la noche en que mató al gordo José Luis en medio de la oscuridad. Pensarlo hizo que la sangre se le calentara y sus puños se endurecieron, sus brazos se le hicieron pesados. Le dio hambre.

—Prendé radio —ordenó a uno de los sicarios mientras movía su cuello de un lado a otro para hacerlo tronar—. ¡Volumen, quiero más volumen!

—Por piedad, no… —Aníbal le propinó un puñetazo en la mejilla derecha. Un hilo de saliva y sangre escurrió por su boca.

—No hablará, jefe. Me cae que puede ser que de veras no sepa nada —susurró uno de los verdugos en el oído del mafioso—, ya mejor hay que darle un tiro y a la verga.

—No, vamos a divertirnos.

El hombre atado ya no hablaba. Su mandíbula ya estaba rota y sus ojos se iban poniendo en blanco lentamente, en tanto que su respiración se tornaba cada vez más pausada. Como si se tratara de un ritual, el Morocho se quitó la chamarra de cuero y prendió un cigarro. Se acercó al moribundo y llamó a Lupe para que se aproximara también.

—Este es el bueno, che. Se llama Lupe, Lobo para vos. Es la última cara que verás en tu puta vida, grabátela bien para que se la describas al diablo. Es un honor que el futuro campeón del mundo sea el que te mande con él —decía el Morocho a su víctima que ya no podía ni levantar la cara—. Lupe, hijo, ¿lo acabarías por mí?

—Sí, señor.

—Mucho cuidado con tus nudillos.

La fuerza emergía de su cuerpo satisfecho por haberle devuelto la sonrisa a su padre. Cada risotada de Aníbal le inyectaba más vigor para reventar la cabeza del moribundo.

Había gritos, aplausos y un tétrico ambiente festivo. La sangre salpicaba la pared y escurría por la camisa del sujeto que ya era cadáver. Lupe seguía golpeando, esperando que alguien hiciera sonar la campana. Que suene la campana. Más, quería más. El contacto de sus puños con esa carne blanda le daba placer, qué rico sentía cuando el fluido tibio, carmín, chorreaba en el rostro. Más, Lupe quería más, más rojo, más humedad, más.

—Ya, hijo, ya. Pará. Y ustedes, limpien bien, ya pueden cortar el cuerpo y le ponen un mensaje recordándole al Cachetes que vamos por él.

—A la orden, jefe.

—Siempre quise verte así, en acción. Eso es acción, mierda. ¿No te lastimaste?

—No, señor, estoy bien —respondió con la respiración agitada, más que cuando terminaba su entrenamiento.

—Vamos a la casa. Date una ducha y deshagámonos de esa ropa.

Ya pasaban de las once y Celeste seguía esperando a Lupe a pesar de que ya le había dicho que no se verían esa noche. "Parece que no entiendes, ¿y ahora qué vas a hacer?", pensaba en su habitación rosa atestada de peluches y recuerdos personales. Cómo le haría con eso que sentía dentro si era obvio que Lupe no la quería. Pinche Lupe, ni que estuviera tan galán. ¿Qué me dio?, reflexionaba sacudiendo la pierna derecha por los nervios.

Necesitaba una estrategia, ganárselo, ir abriendo su corazón poco a poco para que encontrara en ella un refugio. "Pobrecito, no es su culpa ser así. Tantas cosas que le pasaron en su infancia. Me lo dijo su hermana, tan chiquito y trabajando, haciéndose hombrecito a punta de responsabilidades, cómo no va a ser hosco. Es normal que le cueste trabajo confiar que exista el amor desinteresado, lo leí en un artículo: "Cómo entender a tu hombre".

Estaba dispuesta a cambiar su oficio por convertirse en la psicóloga, enfermera, cocinera y todo lo que le hiciera falta a Lupe ahora que iba escalando peldaños. "Pronto descubrirá que soy su alma gemela", pensaba. "Mi abuelita me decía que cuando encontrara al indicado, una voz me diría: es él. Yo sé que es él".

26

A la mañana siguiente, muy temprano, Celeste bajó al estacionamiento para cerciorarse de que el carro de Lupe estaba ahí. Subió en el elevador y con el corazón casi afuera del cuerpo, tocó al timbre de su departamento. Él abrió la puerta en ropa interior.

—¿Qué, no vas a entrenar hoy, cariño?

—Sí, más tarde. No dormí bien, ¿qué pasó, qué quieres?

Halló un pedacito de valor extraviado entre sus miedos y se lo dijo:

—Estoy embarazada. Vas a ser papá.

Lupe bufó y le dio un puñetazo a la pared que le sacó a Celeste el llanto.

—Me voy a vestir, luego hablamos —le dijo antes de azotar la puerta.

Con ímprobo dramatismo, Celeste se dejó caer. Un hijo, la noticia que ablandaba los corazones más duros, que provocaba risas, alegría, que daba pie a nuevos planes, había desencadenado la furia del hombre que le revoloteó la vida. Si hubiera sido sincera con ella misma, reconocería que esa reacción era la esperada. Sorpresa habría sido que brincara de felicidad. "Sin embargo no me rindo, sé que va a cambiar".

La noticia de su próxima paternidad le revolvió el estómago. "Y tú qué chingados vas a hacer con un hijo", le cuestionaba el instinto del que más bien esperaba soluciones. Nada, qué voy a hacer. Si quiere, que lo tenga y ya. Yo no tengo tiempo para esas pendejadas y menos con ella, que para lo único que me ha servido es para quitarme las ganas. Si otra fuera mi vecina y estuviera buena, igual me la hubiera cogido. Qué de especial tiene eso, pensaba camino al gimnasio, donde don José aguardaba a su llegada.

—Hijo, ¿todo bien? ¿Por qué no avisaste que llegarías tarde?

—Estoy bien. Es que no dormí mucho, es todo.

—¡Ese nudillo está muy rojo! Trae acá —jaló la mano derecha de Lupe—, igual que cuando eras chamaco. ¿En qué pleito te metiste? Ahorita no te me puedes descontrolar, ya viene la pelea.

—Estoy bien, don José, en serio.

—Tú y yo nunca hemos platicado de otra cosa que no sea del entrenamiento, ¿no confías en mí? ¿Qué te pasa? ¿Estás bien?

El rostro de Lupe, que jamás se desencajaba, tampoco lo hizo ante la llovizna de preguntas. Sólo sonrió brevemente.

—Ese don José, qué cosas se trae. Venga pues, vamos a entrenar que el nudillo ni me duele.

—Antes déjame enseñarte algo. Te va a gustar.

El short con el que subiría al ring para su primera pelea profesional era rojo, de satín brillante con la pretina color negro y la silueta de un lobo al costado de su pierna derecha.

La bata que completaba el conjunto era negra con vivos rojos y en la espalda su apodo, su nombre de batalla, el título nobiliario que su padre le había otorgado al poco tiempo de haber sido rescatado, y sí, el lobezno herido que vivía en la miseria lleno de odio y desconfiando de cualquier mano que le lanzara un trozo de comida, se había transformado en un lobo, "pero carajo, ese odio no se fue ni se irá, está amarrado al instinto, encarnado en mis entrañas al punto que si se va, se irán con él mis fuerzas y mis ganas de matar, las mismas que me llevaron a asesinar al gordo José Luis, que actúan a beneplácito de mi padre, que siento cuando me subo a un ring ansioso de olfatear la sangre revuelta en vaselina, las mismas que me han llevado por el camino de la buena vida… Entonces, Lupe, ¿por qué te da miedo no sentir? Déjate llevar. Paladea la sangre. Agárrale gusto, porque así, tú y yo, llegaremos más fácil a la cima".

—Está bien chingón, ¿me puedo poner la bata?

—Claro que sí, es tuya.

El espejo del gimnasio se llenó de la imagen de Lupe *el Lobo* Quezada. El satín brillaba con la luz de los focos, pero en su cabeza era de noche. Las luces de Las Vegas se iluminaban para él y todo el bullicio alimentaba sus puños. "¡Lobo! ¡Lobo!", gritaba la gente emitiendo un aullido para animar al peleador dispuesto a arrancar vidas como quien da una ofrenda a los dioses. "¡Lobo! ¡Lobo!", clamaba el tumulto en la cabeza de Lupe y entonces entendió por fin que el boxeo era mucho más que ser un sicario con guantes. Epifanía. El boxeo, le había dicho don José, es un arte. El boxeo, le había dicho el Morocho, es un espectáculo grandioso. El boxeo era Alí, Leonard, Macías, Chávez, Morales, Quezada, empezaba la era de Quezada. Lupe alzó los brazos como el Cristo de la cruz y vio su propia mirada.

Pensaba mucho, hablaba poco. Su cabeza seguía aturdida de imágenes y ruidos. "El boxeo, por fin lo entendiste, es la gloria", le susurró su instinto, más vivo y entusiasmado que nunca.

27

ESTAMOS DE VUELTA EN EL ESTUDIO CON EL EXPERTO *deportivo Daniel Kenison y el Presidente de la Comisión Internacional de Box, el señor Checo Leimann.*

Vamos a platicar sobre el reciente triunfo de Óscar la Sombra *Jiménez en Las Vegas. Decisión dividida y controversial, Daniel.*

—Controversial como siempre que pelea la Sombra. Definitivamente no termina de convencer a la afición. La comisión lo apoya, lo infla, pero no pueden decir que sea un ídolo, ¿cómo lo van a comparar con las grandes figuras del boxeo nacional?

—Daniel, Óscar ha progresado mucho, y está demostrando que el cinturón de campeón no le queda grande.

—Cómo me va a decir eso, don Checo. La Sombra no fue convincente, salió a correr por el ring, the Rock se la pasó persiguiéndolo, atacando, ¿y qué hizo Óscar? Correr, contraatacar, ¡no propuso nada! ¿Así cómo va a convencer a la afición?

—Yo creo que, como siempre, exageras Daniel.

—No, no exagero. Exageran ustedes con su protección descarada, con tanta publicidad, con las peleas que en absoluto son equitativas.

El peleador que tiene mejor récord en su categoría es el uzbeco, Ruslan Karimov, ¿y cuándo va a pelear con él?

—*Karimov es un gran peleador, el problema es que no está entre el* ranking *de los cinco mejores en nuestra comisión. Además, él está por subir de categoría y tiene una pelea programada para este año...*

—*Con todo respeto, don Checo, eso suena a excusa. La gente tiene la percepción de que protegen mucho a Óscar y para colmo tiene problemas de actitud, y si bien ha mejorado su estilo, yo y muchos más creemos que ese nuevo cinturón de Campeón del Mundo le queda muy, pero muy grande.*

28

ENCERRADA EN SU HABITACIÓN, que seguía siendo rosa, Celeste pasaba las horas esperando que su teléfono anunciara una llamada o algún mensaje de Lupe. De tanto en tanto, entraba a los navegadores de internet para buscar nombres de bebés y recomendaciones para mujeres en su primer trimestre de gestación.

Dejó de trabajar por miedo a hacer un movimiento que afectara su embarazo y también le dio por comer más, pues "una mujer embarazada debe alimentarse por dos".

Le habría encantado compartirle la noticia a Diana. Hacía rato que no sabía de ella. Su última actividad en redes sociales databa de hace unos meses, había cambiado de número telefónico y no sabía ni su dirección. Claro, quien coge a gusto se olvida del mundo. Dichosa la Diana. Dichosos los que sufren amnesia por amor.

"¿Y si busco a Aníbal?", pensó como el que halla la jugada maestra en el tablero de ajedrez. Si la escuchaba, quizás Lupe la escucharía también, ¡por supuesto!, Celeste se entusiasmó con la gran idea y antes de que se le acelerara el corazón ante la humillante circunstancia que la orillaba pedirle favores de padre a un hombre que ya había conocido en la cama, tomó las llaves de su carro y fue a las oficinas del Morocho sin solicitar cita previa.

—No sé qué voy a hacer, estoy desesperada —le confesó cuando por fin la recibió.

—¿Y quién va a creer el cuento de que te embarazaron así nada más? Ni que fueras una niña para que no sepas cómo se hacen los nenes.

—Es que yo…

—Contále esas historias a otro. Secate las lagrimitas. Lo que vos querías era amarrar a Lupe, cumplir con tu sueño de salir de puta para vestirte de blanco, y el pendejo cayó porque le falta experiencia. Aquí la víctima es él y no vos, señora.

—No me hables así, estoy embarazada. Morocho, yo sé que puedo hacerlo feliz, le voy a consagrar mi vida, voy a ser una buena esposa. Habla con él, convéncelo de que me responda y yo, a cambio, prometo ser la mejor de las mujeres.

—¿Y cómo pretendés que haga eso?

—Es que eres el único que puede hacerlo. Tienes razón, soñaba mucho con salir de esta vida, pero ahora es diferente. De verdad amo a Lupe.

—¿Y él? ¿Sabés lo que es ser esposa de un boxeador? Escuchame, más te vale quedarte sola con la criatura, o no tenerla, qué se yo.

—No puedo, eso no. Quiero tener a mi bebé.

—Terca y tonta. Bueno, esta es mi oferta y eso porque sabés que te aprecio desde que te conocí en el Lola —y también porque de golpe recordó que su propia madre había pasado las mismas que Celeste—. Voy a hablar con Lupe para que se haga responsable de su hijo, de lo del matrimonio no te aseguro nada, y si él no quiere estar metido en ese asunto, yo te voy a ayudar con dinero para que salgas de esa vida. Acá en la oficina podrías asistir a la secretaria, ¿está bien?

—Gracias, Morocho. Dios te bendiga.

La conversación prometida que Lupe y el Morocho sostuvieron concluyó en un ofrecimiento que Celeste aceptó como si se tratara de una promesa de amor eterno: "Te vas a quedar en tu departamento durante el tiempo que esté en el campamento del Otomí preparándome para la pelea, luego nos iremos a vivir juntos en la casa que estoy a punto de comprar. No habrá boda ni nada de esas pendejadas. Después ya veremos. Y no, no lo hago por ti, lo hago por el hijo que te has empecinado en traer al mundo y que por desgracia dices que es mío. No voy a ser un cabrón desobligado que abandone a un chamaco en la miseria, así como…".

29

Molesto por la entrevista que acababa de ver en la televisión, Óscar lanzó el control desde su cama y, como lo hacen los niños berrinchudos, gritó improperios contra los comentaristas que no lo vanagloriaban: "A mí me la pelan, hijos de su puta madre. Todavía no ha nacido el pendejo que me quite el cinturón".

La mujer de abundante maquillaje con la que compartía el lecho trataba de tranquilizarlo, pero Óscar seguía vociferando y justificando una carrera que no convencía a la afición.

—Hoy estoy hasta arriba porque estoy joven. Después mis reflejos y la fuerza se me harán menos, igual que al gringo al que acabo de ponerle en su madre, sí ¿y qué? ¿Ahora es mi culpa que ya esté ruco?

—Claro que no, ya cálmate.

—Espérate. Déjame te cuento una historia: Había una vez un boxeador, muy perro el cabrón, de Mexicali. Su carrera estaba subiendo hasta que le dio por andar de hocicón:

que si la comisión no lo apoyaba, que si favorecía mucho al rubio de Guadalajara, que por qué no los ponían frente a frente en el cuadrilátero. Todos sus choros le cayeron mal a don Checo, y voy a decirte algo, ese cabrón fácil pudo haberle ganado al rubio: tenía buena pegada aunque le fallaba la técnica y, como verás, la inteligencia. Él era más viejo. Veintiocho años cuando el otro iba para arriba. Un día, al pendejo, que vivía en San Diego, se le olvidó que se le había vencido la visa, y ¡madres! A la cárcel. Siete meses, mujercita, siete pinches meses tras las rejas viendo cómo su enemigo se volvía campeón del mundo.

—¿Y qué le pasó después?

—El boxeador, que ya iba para abajo, sin entrenamiento ni mánager, fue visitado por un promotor, y adivina, ¡era el mismo que representaba al rubio! Le prometió que le ayudaría en su carrera, que le arreglarían el asunto de la visa y no sé que tanta chingadera. Y le cumplió, lo sacó de la cárcel, barbudo y greñudo como náufrago el cabrón. Para ese entonces ya se le veía muy emputado con la vida, necesitaba calmarse, hallar la paz como dicen los pinches guías espirituales o no sé qué chingadera.

—¡Ay, qué bueno que encontró un ángel en el camino!

—No, no mames. Lo que en realidad quería el mánager era congelarlo. Sabía que era duro, y por muy pendejo que fuera, la pegada y la furia eran una combinación peligrosa para su consentido, sobre todo porque se le iba el hocico en las declaraciones con la prensa. En una de esas, tanto pleito despertaría el morbo de la afición. En el boxeo hay mucha lana, muchos intereses de por medio. Donde hay pique, hay pelea.

—Bueno, ¿y entonces qué pasó?

—Nada. Le organizaron puras peleas de bajo nivel, limitaron su exposición ante la prensa y ya nomás se ganaba la vida de *sparring*. Luego, se dio al alcohol, se fue a deambular por las calles y ahí lo encontré, en San Diego perdido de borracho y ya con unos cuarenta años encima. Le di una lana y ahora trabaja aquí en el edificio como velador. Me divierte escucharlo hablar pestes del rubio, de lo malo que era para pelear, de que jamás ganó una pelea contra un boxeador de verdad y tiene razón, pero ¿qué crees, mi mujercita? El rubio fue campeón del mundo y uno de los atletas mejor pagados de la historia, ¿crees que le importa lo que diga un borracho venido a menos? No creo, ¿y entonces, crees que a mí me importa lo que digan esos comentaristas de mí? Me la pelan. No te rías, mejor vístete, que ya mero viene mi vieja.

30

En el cerro del Otomí, Lupe entrenaba con su equipo cuando, sin que lo hubiera querido, recordó a Óscar la Sombra llegando a su campamento con un séquito a su servicio. Él, en cambio, apenas y daba los buenos días y no permitía que la prensa lo visitara durante su entrenamiento. En la tarde, los atiendo con gusto, les decía a los reporteros y eso agradaba. Era bonito hallar a un boxeador disciplinado en un mundo de excesos.

Estaba enfocado en sus ejercicios siempre callado, siempre distante. Corría, entrenaba, obedecía, golpeaba, escuchaba, dormía y esperaba a la mañana siguiente para repetir la rutina que ni sus más allegados se atrevían a romper, nadie más que Aníbal.

—Las apuestas están a todo, loco. Vas a ganar.

—Eso es lo que más quiero.

—Y cómo te sentís.

—Bien, tranquilo. Don José y sobre todo Sergio están haciendo buen trabajo.

—Che, te tengo noticias. Vino a visitarme tu hermana. Terminó su relación con el fulano, el músico ese. Parece que no le fue bien, ¿la querés recibir?

—Pues que se quede en el departamento si usted está de acuerdo, total que ya mero me voy con la Celeste a la casa nueva. Mi hermana, la muy pendeja… —suspiró secándose el sudor con la toalla.

—Todos nos equivocamos, hijo. Ella quería afecto, a un compañero y le salió mal. No olvides que es tu hermana.

—Sí, y cómo se fue, ¡ni avisó la muy güila! nomás, de buenas a primeras llego al departamento y de ella ni sus pinches luces. Me dejó una chingada nota culera pidiéndome perdón y se largó.

—Ya aprendió su lección, che. Aflojale un poco.

—¿Por qué lo dice? ¿Se la madreaba el hijo de la chingada?

En realidad sí la golpeaba y durante el año que vivió con el músico de banda, Diana se torturó pensando que seguía siendo la "buena víctima", el imán de los hombres violentos que, aprovechándose de sus ojos de conejo, se complacían al maltratarla para sentirse más machos. Y eso que durante el cortejo el cantante se había mostrado bueno y comprensivo, casi como un sacerdote piadoso: la escuchaba sin chistar, le acariciaba el cabello después de hacer el amor y le secaba las lágrimas cuando ella confesaba que siempre había vivido con miedo al padre, a la madre, a los maestros, al qué dirán, a Lupe, al gordo…

—No, hijo —le dijo Aníbal, que sí sabía la verdad.

—Menos mal. Al rato le llamo para que se calme.

—Te tiene mucho miedo.

—Y con todo y miedo hizo sus mamadas, imagínese si no me lo tuviera la muy pendeja.

Aníbal volcó una estruendosa carcajada que animó también a Lupe. "Pinches viejas", decían aludiendo a algunos nombres en particular y al sexo femenino en general. Que si Celeste quiere ir a la pelea, que si la hermana regresaba al departamento, que si la madre seguramente seguía borracha y ausente, que si todas se sienten con muchos derechos. Pinches viejas.

—Yo también tengo mis historias, no te creas. Ojalá tu hijo sea machito —remató el Morocho.

31

Lupe salió del camerino engalanado con su bata satinada. Su semblante, exiguo como siempre, se ensombrecía más por la capucha que le cubría las cejas. ¡Lobo! ¡Lobo! gritaba la gente mientras el anunciador llamaba al contrincante, el filipino Crasiento Navea que salía a dar batalla con un crucifijo de fraile como armadura. Lupe ni se inmutaba ante los brincoteos y los golpes que el filipino daba en su camino al ring. Para el Lobo no había otra cosa que sus puños rojos y las palabras de don José animándolo a mover la mandíbula y aflojar el cuello.

El contrincante se le acercó y lo miró de frente. El réferi dio los avisos y chocaron los guantes. Aníbal tenía el corazón desacomodado en la esquina. Por fin la ilusión se concretaba en una noche de pelea estelar; el mecenas se cubriría de gloria. La primera pelea profesional de Lupe *el Lobo* Quezada había llegado.

¡Arranca la pelea! ¡Vamos, México! ¡Vamos, Lobo!

El oponente sale muy bravo y decidido en este primer capítulo. Lupe lo conecta con furia y lo estrella contra las cuerdas con una derecha, el primer impacto contundente y con poder. Ya sobre el primer asalto el filipino está contra las cuerdas. Ahora es turno de Navea que sacude al Lobo con la mano izquierda y la derecha. Toma y daca. El primer round, que normalmente sirve a los peleadores para ir conociendo el territorio, estuvo cargado de puñetazos.

Termina el primer round.

Don José le retiró el protector bucal y le preguntó cómo se sentía. Lupe asintió sin hablar, estaba bien. Apenas unas gotas de sudor perlaban su frente.

—Vas bien, hijo. Lo estás ablandando. Ese derechazo no se lo esperaba. Mantén distancia, tienes los brazos más largos —recomendó el entrenador.

Sergio le dio agua y una cubeta para que escupiera el chorro.

Segundo round

¡Vamos, Lupe! Parece que el mexicano se está precipitando y quiere acabar el negocio de manera rápida.

Un jab a la humanidad de Crisento está haciendo que le sangre la nariz, pero el filipino responde y ahora es Lupe el que está siendo castigado. Ya lo arrinconó y le está dando con todo en la zona del hígado. Lupe se hace a un lado y ¡tremendo golpe que le acaba de dar el mexicano!, parece que está mareado, el réferi interviene y Crisento le dice que está bien. Tal parece que esto se puede definir pronto. Al filipino le está costando trabajo conectar.

Suena la campana.
Termina el segundo round.

Aníbal se fue a sentar junto a don Checo Leimann en la primera fila. Le temblaba el pulso. Necesitaba beber algo.

—Qué gran pegada tiene. Qué buen jab. Ojo clínico, Aníbal. Ahora sí te la volaste.

—¡Ahora no, Checo! Lo que ahora está en el ring habla más que tus huevadas.

El Morocho pidió una cerveza. Deseaba que la pelea terminara rápido y de manera espectacular. No aguantaba los nervios.

Tercer round
Lupe se lanza como animal hambriento. El filipino está desconcertado pero responde, ¡upper poderoso en la humanidad de Lupe que se recupera y contesta! El mexicano lo está agarrando de costal. El réferi está atento, parece que esto se va a acabar. El ojo del filipino está cortado y ya hay sangre en el rostro de Navea.

Un volado de derecha y… ¡se acabó la pelea! El réferi intervino a buena hora. Lupe el Lobo Quezada arranca su carrera profesional con un histórico nocaut.

Qué round, qué victoria nos acaba de regalar Lupe el Lobo Quezada.

El equipo se apresuró a cargar en hombros a Lupe, quien veía por todas partes esperando cruzarse con la mirada orgullosa del Morocho. Por ningún lado lo encontraba. Las cámaras de televisión se aglomeraron a su alrededor luego de haber filmado la dramática salida del filipino en una camilla anaranjada. "Lupe, eres una promesa. Lupe, qué le quieres decir a los aficionados. Lupe, tu carrera apenas empieza. Espectacular pegada, Lupe. Lupe. Lupe". Sin responder, el pugilista miró hacia la derecha. Aníbal subió al ring con una caja negra y, haciendo un gesto de emperador romano a punto de dirigirse a su pueblo, tomó la palabra sin que nadie se lo pidiera: "Queridos amigos de la prensa. Hace unos años salí a caminar por el centro de Tijuana y un muchachito llamó mi atención. Tenía la mirada fuerte como sus brazos. Ese chico me contó que se dedicaba a cargar bultos en los mercados y a vender fruta. En sus tiempos libres boxeaba en los humildes torneos de barrio de la ciudad. Conmovido por su historia me volví un padre para él y aquí lo tienen: Lupe *el Lobo* Quezada, un gran peleador que de la mano de don José Mora y de nuestro querido Sergio, su preparador físico, les aseguro que va a ser campeón del mundo. Toma esto, es para vos, para que jamás olvides el gran cariño que te tengo, hijo".

Los periodistas aplaudieron al bondadoso empresario, al hombre de gran corazón que había hecho del cuento de hadas una realidad. Eso era México, un nicho de oportunidades, un país donde los sueños se crean y se alcanzan más fácil cuando un ser generoso te dice desinteresadamente: yo te ayudo. ¡Qué gran ejemplo era ese Aníbal Palermo! México merecía más que esos ídolos falsos creados desde las televisoras. Era momento de alabar el esfuerzo del peleador auténtico, el que se forja en la pobreza y desde ella, agradece sinceramente a su pueblo, a quien le dedica su lucha y todo su ser. Llegaba el momento del pugilista hambriento dispuesto a morir de cansancio y dolor para que la afición mexicana tuviera esperanza, para que cada vez que se vociferara su nombre desde las gradas, el corazón de los presentes se hinchara de orgullo, pues el Lobo no les iba a fallar. Todos tenían algo del Lobo y el Lobo, mucho del pueblo.

Lupe abrió la caja negra. Sacó un brazalete de oro con la figura de un lobo en relieve. Sus ojos eran de diamantes y a un costado se leía su nombre. El hijo abrazó al padre y todos volvieron a aplaudir. Desde su casa, Celeste abrazaba su barriga, orgullosa y triste por no haber podido asistir a la pelea.

Tras la faramalla del momento, Aníbal recargó su mano en las cervicales de Lupe, alejándolo de las cámaras y las luces.

—Estarás cansado.

—Ni tanto, menos de tres pinches rounds me duró el filipino —jugueteó Lupe sonriéndole al lobo de oro que pendía de su muñeca hinchada.

—¿Te gustó?

—Mucho. Gracias.

—Bueno, te das un baño y en el camino platicaremos de algunos asuntos; hay mucho trabajo pendiente. Ya habrá tiempo para que nos vayamos de fiesta, para que te relajes. Avisale a Celeste que no vas a llegar en un buen rato para que no se ponga loca la mina.

Lupe asintió con la cabeza y le mandó un mensaje por WhatsApp: "No me esperes, no voy a llegar", y apagó el teléfono previendo con fastidio la réplica. El chofer, que seguía pareciendo un perro, los llevó a la residencia del Morocho, donde permanecieron tres días sin salir.

32

ENCUENTRAN OTROS DOCE CADÁVERES EN LA CIUDAD DE
TIJUANA CON EL SELLO DEL CRIMEN ORGANIZADO

TIJUANA, B. C. La policía de Tijuana halló los cadáveres de cinco personas ejecutadas con un mensaje de advertencia dirigido a presuntos integrantes del crimen organizado en una zona industrial.

La pasada madrugada, un ciudadano alertó de la presencia de otro cadáver envuelto en una manta y tirado en la calle. La ciudad ha sido escenario de brutales masacres del crimen organizado. Cabe recordar que la semana pasada fue encontrada una docena de cuerpos con múltiples signos de tortura y el tiro de gracia, además de pancartas con mensajes de amenaza a bandas rivales.

Cuatro cuerpos sin vida, todos con el tiro de gracia, fueron descubiertos esta madrugada en un descampado de un conjunto residencial ubicado cerca de un centro industrial y de un preescolar. Los cadáveres tenían el rostro cubierto y, según fuentes policiacas, a tres les amputaron un dedo y a otro le arrancaron la nariz, probablemente, un animal salvaje. A un lado de los cuerpos había un mensaje que decía "aquí está tu basura, Cachetes, ¡recógela!"

Además, la policía encontró ayer otros cadáveres en la ciudad pertenecientes a dos hombres de entre treinta y treinta y cinco años que fueron abandonados debajo de un puente del río Tijuana. Ambas víctimas fueron torturadas, tenían los ojos cubiertos con cinta adhesiva y alrededor del cuello llevaban sogas.

Las autoridades mexicanas sostienen que la violencia exhibida por el crimen organizado en sus homicidios es una estrategia para infundir terror a la sociedad.

—Carajo, ahora sí me duele todo el cuerpo.

—Me vas a negar que te divertiste, loco.

—Estuvo bueno, sí.

—Hijo, nos largamos al otro lado un rato mientras las aguas se calman y regresamos para organizar tu próxima pelea. ¿De qué te reís?

—Está usted bien loco, las cosas que se le ocurren —dijo Lupe, burlón, mientras meneaba su mandíbula.

—Hay placeres que sólo unos cuantos podemos disfrutar. Por cierto… todavía tenés sangre seca en el mentón.

33

La barriga de Celeste seguía creciendo y con ella sus ganas de haberse quedado a trabajar en el Lola. "Es más honesto el amor de los clientes gordos que me lengüeteaban las mejillas y los pechos. Ese Lupe, con su mirada y sus gestos de cadáver, no hace otra cosa que ignorarme cuando se le antoja y cogerme cuando quiere. Ya va para un mes sin que sepa de él. Seguro se fue a San Diego con el Morocho. Como si no supiera que allá tienen a sus putas, ¡sus putas! Si seré desvergonzada; yo llamando así a las mujeres a las que ahora me atrevo a señalar con el dedo. Eso fui y eso sigo siendo. La única diferencia es que ahora sólo tengo un cliente, ¡por ellos aunque mal paguen, salud!". Brindó Celeste alzando una lata de cerveza ante el espejo de su habitación. La cerveza no era mala para el bebé, pensó. Es más, es buena para la producción de leche materna. "Que nadie me acuse de mala madre", se dijo tambaleándose un poco.

Alguien tocó a su puerta. Era Diana. Se veía pálida y más flaca de lo normal. Tenía la piel ajada y bolsas en los ojos. Parecía que le habían echado una cubetada con diez años encima.

—Tardé en dar con tu casa. Nadie me quería decir dónde vivían.

—Esa no es excusa. Pudiste haberme enviado un mensaje por el *feis*. Pasa… —la mirada sorprendida de Diana se posó en el vientre de Celeste.

—Tienes razón, discúlpame. La verdad es que no me atrevo a encontrarme con mi hermano y ahora que no anda por aquí me animé a venir a verte. Veo que me perdí de muchas cosas.

—Así parece. Dime, ¿tú cómo has estado? —se adelantó a preguntar para postergar sus respuestas.

—Mal, Celeste, de la chingada. Vivo en el departamento de antes, donde fuimos vecinas. Me siento tan sola, que ya no sé si estoy peor que cuando vivía con mi mamá.

Le contó de su escape fallido, del cantante catoliquísimo y parrandero que la dejaba encerrada en casa muerto de celos. No quería siquiera que la saludaran de mano, es más, que ni la vieran. Por eso la había obligado a quitarse los implantes y a olvidarse del maquillaje. "La mujer tiene que ser fiel, no provocar al diablo", le decía por teléfono mientras las uñas de una mujer callejera le arrancaban la camisa en algún motel.

—Bonita vida la mía, ¿pues qué tengo que todos creen que se pueden aprovechar de mí? Estoy harta de los hombres, harta de vivir. Quisiera saltar de un puente.

—En algún momento todas llegamos a estar hartas, Diana —le respondió Celeste abrazándose su barriga, como si nada más en esa parte de su cuerpo conservara las ganas de seguir amando.

—¿Y Lupe cómo se porta contigo? —preguntó Diana.

—Desde la pelea que no viene.

—¿Qué? ¿No has hablado con él desde entonces?

—Ay, Diana. Hablas como si no lo conocieras.

—Jamás lo conocí —respondió decepcionada—. Es la verdad.

—Lo cierto es que si estoy aquí es por el bebé y por la intervención del Morocho que más que su padre parece su Dios… basta, vamos a alegrarnos un poco, ¿te traigo una cervecita?

34

Óscar *la Sombra* Jiménez estaba por conquistar el cinturón de los pesos superwélter ante el uzbeco Ruslan Karimov, quien por tres años defendió su campeonato ante los mejores retadores del mundo.

Karimov, de 35, se perfilaba para dejar su reinado a la sangre joven personificada en Óscar, quien por su actitud no terminaba de convencer a la afición, cada vez más crítica, cada vez más dura con el pugilista que no dejaba de hacer de su vida un escándalo.

"¿Qué tiene que hacer Óscar para que se gane el respeto de la afición? Es verdad que casi siempre pelea con boxeadores que están a punto de retirarse y eso no se ve bien, pero también hay que considerar que ya se separó de la televisora que, en su afán de darle publicidad, tanto perjudicó su carrera. La serie sobre su vida se canceló. Ha terminado su controvertida relación con la actriz Yani Jovana y hasta ha cambiado su estilo de pelea. Le criticábamos que boxeara a la defensiva y en su última pelea Óscar se fue para adelante, propuso, golpeó, peleó con clase, y aun así, siempre hay una excusa, un pero ante su desempeño… Óscar *la Sombra* puede ganar una pelea, pero el respeto no, y eso, en mucho, es culpa de su actitud y de la comisión que tanto lo protegió al inicio de su carrera", declaró en el canal deportivo, Daniel Kenison, provocando la furia de don José Mora, que seguía luchando por alzar la imagen de su peleador estrella sin mucho éxito, en el entendido de que su reputación iba de la mano del petulante chamaco que no dejaba de presumir lo que no era. "Y desde que tiene promotor gringo está peor que nunca: ahora hasta se le ocurre declarar que es mejor que Chávez en sus mejores tiempos, ¡habré escuchado semejante pendejada! Óscar es bueno, sin duda, pero no es un boxeador de élite. Ahí veo a la bola de mocosas pendejas afuera del gimnasio esperando una foto con él, ¿y qué hace? ¿No las ignora? ¿No hasta las manda a la chingada? ¿Qué tiene que ver todo eso con el boxeo como deporte de caballeros? Nada, Óscar no es más que, como dice su apodo: "la sombra de lo que era mi amado deporte", se confesaba don José en silencio ante los recuerdos de su vitrina.

35

A LA ESPERA DE QUE AMAINARAN LAS AGUAS, Lupe y el Morocho seguían resguardados en San Diego por órdenes de el Señor, congratulado por la última acción de su célula en Tijuana.

—Hace meses que no entrenás.

—No se preocupe. Don José está en campamento con el ojete ese y Sergio me llamó para decirme que puede venir aquí a prepararme. El representante de el Negro Cobos confirmó que sigue en pie la pelea del cinco de mayo, así que no hay problema. Lo único malo es que abriré la pelea del hijo de su puta madre de Óscar.

—No aguantás a ese Óscar.

—Por alzado. Ese güey no se junta con los pobres.

—¿No será que le tenés envidia, che?

—No le haga, cómo cree.

A decir verdad, sí se la tenía, porque personificaba las heridas más profundas de la raza conquistada. Pinche complejo de inferioridad. Óscar era blanco, atractivo, destacaba fácilmente entre los demás y se había convertido, para acabarla de chingar, en uno de los boxeadores mejor pagados del momento gracias a sus controversias. La ponzoña se diseminaba por sus venas hasta cuando escuchaba su nombre. "El campeoncito, el señorito del boxeo. Le has de romper su madre, vas a ver", le gruñía el instinto que esperaba el momento de destrozarle la cara a puñetazos "nomás por inflado".

Coincidieron varias veces en el gimnasio, pero jamás cruzaron palabra. Era como si Lupe no existiera en el universo de Óscar. Aunque en realidad sí sabía quién era y hasta se atrevía a rumorar sobre, el que pensaba, era el hijo bastardo de un mafioso ridículo que se las daba de empresario en Tijuana y que si bien pegaba duro, era un pugilista sin talento ni técnica que hasta la fecha había tenido la suerte de no enfrentarse a un boxeador con huevos. "Nadie ha de querer romperle su madre por miedo a los narcos. Según me dijeron va a pelear en Las Vegas la misma noche que yo y don José está que no se la acaba, feliz de tener a dos de sus peleadores en la misma función. Pero como dicen: hasta entre perros hay razas y yo soy el campeón. Ese Lupe, Lobo, o como le digan, será el que abra el telón y ya, así que dejen de chingar la madre, no mezclen mi nombre con el del mugriento ese y vamos a entrenar, que se acerca la pelea. A ver, tú, ven a grabarme un video golpeando la pera para que lo suba a mis redes sociales".

36

"¡Función de campeonato! ¡Pelea de cinco de mayo!

Estamos listos para hablar de boxeo a unas horas de ver la pelea entre el campeón del peso superwélter, el uzbeco Ruslan Karimov y el mexicano Óscar *la Sombra* Jiménez. Y el espectáculo promete, pues antes de la batalla estelar, una nueva figura del pugilismo, Lupe *el Lobo* Quezada, va a contender contra el puertorriqueño José *el Negro* Cobos.

Está con nosotros en la transmisión el excampeón del mundo, el gran Chávez y mi querido compañero Rubén Rodríguez. Buenas noches desde Las Vegas, Nevada". El comentarista de la cadena deportiva más importante de Estados Unidos realzaba los dones y talentos de Óscar hasta que fue interrumpido por el excampeón del mundo, que sentía poca simpatía ante el joven que no representaba lo que él había sido en sus mejores años.

"Espérate, no olvidemos a Lupe Quezada, el mexicano que va a abrir la función estelar. También entrenado por José Mora, me parece que es una gran promesa del boxeo.

Yo lo he seguido desde su debut como profesional y tiene un récord impecable de doce peleas ganadas, cero perdidas y ocho de ellas por la vía del cloroformo. Lupe *el Lobo* Quezada ya se perfila para ser de los mejores en la categoría de peso wélter.

"Vamos a estar pendientes de su desempeño esta noche, pero volvamos a la pelea estelar, ¿qué opinas de lo que vamos a ver? ¿Qué viste en el entrenamiento público de la semana pasada? Parece que el mexicano y el uzbeco traen pique y eso lo mostraron también durante el pesaje cuando el mexicano se le paró enfrente para decirle que…".

Tomados de las manos, Lupe y Sergio rezaban en su camerino. Un escapulario de la Virgen de Guadalupe colgaba del pecho del boxeador ataviado con su bóxer en el que se leía el nombre de su hija: "Teresa". Don José estaba en el camerino de Óscar. El Morocho ya ocupaba su lugar en la primera fila junto a don Checo y, por primera vez, junto a Celeste con su hija, emocionada de exhibirse como la esposa de Lupe.

"Que la virgencita te cuide y te proteja durante la pelea. Que te dé fuerza y serenidad. Que Dios te bendiga. Amén".

"¡Por primera vez en Las Vegas! Lupe *el Lobo* Quezada se enfrentará al excampeón de peso wélter, el puertorriqueño José *el Negro* Cobos, quien perdió el año pasado su cinturón ante el colombiano Wilmer Valtierra. Y ya está saliendo, Lupe, de calzoncillo y bata roja, es recibido por la afición con aplausos. Tiene veintiún años, y como lo dijo el gran

Chávez, es una de las promesas del pugilismo nacional. Vamos a ver lo que nos ofrece hoy aquí, en el MGM.

Es un peleador que tiene futuro, está haciendo sensación en el boxeo. Ya suena la campana".

¡Y arranca la pelea!

Bienvenidos al único lugar donde los puños mandan. El puertorriqueño de pantaloneta azul, el mexicano con los calzoncillos rojos, el nuevo orgullo de Tijuana: Lupe el Lobo Quezada, venido del barrio bajo. Fue el empresario Aníbal Palermo el que lo descubrió y lo trajo hasta aquí, donde por primera vez pelea ante miles de mexicanos que, este cinco de mayo, lo queremos ver ganar.

El clásico round de estudio. Abre con la izquierda, los dos con la guardia diestra. Un round de tanteo. Es fundamental el manejo de la distancia ante esta bomba que es el puertorriqueño.

Lanza la izquierda el mexicano, erguido con la guardia. Evita que se acerque el contrincante que no da en el blanco. Lupe abre con la izquierda, da un paso al frente y quedan en el epicentro del ring. Parece una pelea de inteligencia, los dos tienen mucho poder.

¡Vaya upper del Negro! Luego abre con jab, y el tercero en el cuadrilátero está atento a las acciones. Se acaba el primer round.

Diez puntos para el Negro Cobos, nueve para Lupe Quezada.

—¿Cómo te sientes? —se apresuró don José a preguntarle a Lupe mientras Sergio le colocaba una bolsa de hielo en la ceja.

—Bien, todo bien.

—Escucha. Cuando te tire, responde arriba y abajo. No lo dejes de seguir. Te ganó el primer round, vamos por el que viene. Ponte chingón.

Round dos

Lupe está tratando de ir al frente. Es un volcán en el escenario. Trata de sorprender atacando al puertorriqueño con el upper. Los dos tienen la guardia cerrada. Lupe mete el gancho izquierdo, está muy rápido de manos. Ahora el Negro pega fuerte, mueve la cintura con buena técnica, pero queda mal parado. Lupe golpea al aire, mete un gancho a la región hepática y luego a la mandíbula. Estamos viendo una buena pelea.

El de Tijuana está muy rápido, el puertorriqueño intercambia más fuerte, gancho bajo contra Lupe, pero todavía no se anima a una pegada de metralla. Lupe mantiene bien su distancia, conecta al contrincante y se acaba el episodio.

Diez puntos para Lupe, nueve para José Cobos.

—¡Vas bien, hijo! ¡Síguelo! ¡Arriba y abajo! Ya traes buena velocidad.

—Sí, señor.

—¿Cómo te sientes? Cuídate del lado derecho, te están entrando muchos golpes en la ceja.

Round tres

El puertorriqueño castiga con la izquierda al mexicano que se expone ante uno de los ponchadores más poderosos de la historia. Lupe se protege, parece que busca el contragolpe, y ahí va, se desplaza, se hace a un lado y tira una buena derecha que lastima la humanidad de Cobos, de treinta y dos años de edad.

Desenfadado, Lupe se abalanza. Que no se confíe, que el Negro tiene una pegada brutal. El de Puerto Rico se acelera, abajo, arriba,

¡vamos, Lupe! ¡Le mete una sabrosa derecha! y lo sigue con una buena combinación. El Negro ya está contra las cuerdas y el mexicano lo castiga. Cobos logra salir y le revienta una tremenda derecha, ¡esto se pone caliente! Diez segundos y se acaba el tercer episodio.

Diez para Lupe, nueve para José el Negro Cobos.

De la ceja abierta de Lupe corría un hilo de sangre que Sergio se apresuró a limpiar. Hielo y vaselina. Instrucciones que no llegó a entender bien. "Vas ganando, cabrón", escuchó con claridad a su instinto que le ponía los puños como piedra.

—¿Entendiste?

—Sí, ya entendí.

Round cuatro

Gancho tremendo a la región hepática de Lupe. La gente anima al mexicano ¡Vamos, Lobo! ¡Un cabezazo!, el tercero en el ring ya se dio cuenta y le llama la atención a Cobos. La ceja de Lupe se ve mal, muy hinchada. Empieza a verse lento el mexicano que peca de valiente quedándose contra las cuerdas donde le sigue conectando su contrincante.

Buen recto de Lupe, los dos con el intercambio fuerte y poderoso. Ya están nuevamente en el epicentro del cuadrilátero. Buen movimiento de piernas de el Negro, más experimentado que el mexicano que no se rinde, pero que pierde este round.

Diez puntos para Cobos, nueve para el mexicano.

"Nunca más".

—Nunca más.

—¿Qué dijiste?

—Dije: nunca más. Voy a terminar con esto, don José.

Round cinco

Cinco de mayo, dos mexicanos adornan el cuadrilátero del mgm. Al grito de ¡México, México! Lupe el Lobo Quezada ya está pegando más combinaciones. El réferi los separa, vean cómo abre el puertorriqueño con una derecha que le entra al Lobo que tiene la espalda otra vez contra las cuerdas. El mexicano sigue arriesgando el alma en el terreno corto. Tiene que cambiar de táctica. ¡Tremendo gancho al hígado! El Lobo por fin responde. La gente se pone de pie, el Lobo tiene una pegada brutal, ya reventó la nariz del puertorriqueño y lo sigue castigando. ¡Increíble! ahora él es el que lo tiene contra las cuerdas, gancho al hígado, jab, otro, lo está moliendo, abajo y arriba, ¡el réferi se está acercando! Parece que esto ya se acabó. Parece que el Negro Cobos se está tambaleando y... ¡se acabó! El réferi dice que se acabó. El Lobo acaba de ganar, de nuevo, por nocaut. ¡Increíble!

Sin permiso de subir al cuadrilátero, Celeste se regresó al hotel cuando Lupe alzó los brazos victorioso. Así lo dispuso el Morocho, quien sí pudo abrazar a su hijo aclamado por los aficionados y felicitado por el Negro Cobos: "¡qué pegada!, eres un gran boxeador", le dijo en el ring. Don José hizo una breve aparición al ver que también don Checo subía a elogiar a la joven promesa ante los medios de comunicación. "Es un excelente pugilista, yo estoy seguro de que aquí tenemos al futuro campeón del mundo", dijo don José ante el ceño fruncido de Lupe, que hasta ese momento había sido menospreciado por el entrenador, siempre con una pelea más importante en su agenda. "Yo quiero darle las gracias a mi familia, a mi hija que es mi fuerza y a mi querido amigo

Sergio, mi preparador físico, acércate para que te vean. No se me despegó, cree en mí y ha hecho un excelente trabajo. Gracias, Sergio", remató Lupe abrazando a su preparador, apartando así a don José del tiro de la cámara de televisión.

—No seas hijo de puta.

—Por qué lo dice.

—Pobre don José, boludo.

—Él está muy preocupado por la pelea del pendejo ese. No dije mentiras, Sergio fue el que me preparó y ya demostró que lo hizo a toda madre.

—Muchachos —pidió el Morocho al equipo—, ¿nos pueden dejar solos? —Lupe, en la banca, se terminaba de quitar las vendas—. Lo querés muerto, ¿verdad?

—¿A don José? No le haga, no es para tanto.

—No seas pelotudo. A Óscar.

—Ese pendejo me da igual.

—Vos mentís. Lo querés muerto, lo veo en tus ojos, te conozco. La Sombra es tu sombra.

—Si ese pendejo ni sabe que existo. Anda muy ocupado con sus patrocinios, cobrando por sus comerciales, saliendo con modelos. Él está en otro nivel.

—Y eso es lo que más te emperra.

—Puede ser. Hay muchos boxeadores mejores que yo, qué le vamos a hacer.

—¡No, no! —recriminó— cómo podés decir eso. No has perdido una sola pelea, y… ¿no te acordás? ¿Cuándo fue? ¿Hace unos seis años? El gordo, lo que hiciste con él.

Lupe asintió sin gesticular.

—Claro que lo recuerdo.

—Y lo que hacés por mí, ¿se te olvida también? ¿Vos creés que el guacho de Óscar podría hacer lo que vos hacés en el sótano de mi casa? El pendejo se desmayaría con el primer cadáver. Tus puños y tu mandíbula son un regalo de Dios. No, él no es mejor que vos y lo vamos a probar.

El instinto, que había dudado por un instante, lo obligó a mirar hacia adentro, donde se acumulaba su furia.

—Pues, usted dirá.

—Vamos a subirte de peso. Yo hablaré con don Checo para arreglar lo que se tenga que arreglar. Llegó la hora, Lupe. Vas a superar tu única traba.

37

Las Vegas, Nevada. La pelea estelar del cinco de mayo protagonizada por Óscar Jiménez y el uzbeco Ruslan Karimov terminó en una controvertida definición por parte de los jueces que, en decisión dividida, le dieron el triunfo al pugilista mexicano.

Óscar, quien peleó a la defensiva, propuso menos que el uzbeco y se encontró en más de cinco ocasiones entre las cuerdas, triunfó con tarjetas de 114-114, 113-115 y 114-114.

Tras la pelea, el uzbeco acusó de robo tal resolución y dijo que jamás volverá a pelear con el mexicano que, según sus palabras, "representa a la mafia del boxeo".

Por su parte, el pugilista mexicano, que se vio acompañado de su novia, la modelo brasileña Lucioneia Ferreira, declaró "no me importa lo que digan mis detractores. Ganó el mejor y eso se demostró en el ring".

Al cumpleaños de don Checo Leimann llegaron celebridades, políticos, artistas y empresarios de dudosa reputación, así como periodistas, campeones y excampeones mundiales. Lupe llegó antes que el Morocho. Cosa rara, siempre llegaban juntos a las fiestas. Sin embargo, en esa ocasión el Morocho le pidió que se encontraran en el evento porque primero iría por su acompañante. "Será que por fin se decidió a presentarnos a la novia", pensó Lupe sin prestar mucha importancia al asunto. Era sabido que sostenía un romance y también era sabido que la mujer en cuestión no vivía en México. Si las viejas con las que romancea son unas bellezas, la mera mera ha de ser un pinche monumento, comentaban los allegados ante la risa socarrona del chofer que parecía un perro, quien sí conocía la identidad de la susodicha.

La música vernácula complicaba las conversaciones, pero animaba a tomar cervezas, brandi, vino y coñac. Saludos, palmadas en la espalda. Mucha comida. Muchachas ávidas de mostrar los resultados de la última cirugía plástica. Fotografías.

El Morocho llegó por fin. Diana era su acompañante. Quería intervenir para facilitar la reconciliación de los hermanos que apenas y se dirigían monosílabos.

—Che, me lo pidió casi de rodillas. Quiere hablar con vos. Diana, ¡decile!

—No era necesario, señor. Por Dios que no pasa nada. Ya te lo dije flaca, todo está bien.

—Sé que no lo está, hermano. Al menos mírame a los ojos.

—Yo los dejo un rato para que resuelvan sus asuntos. Lupe, hijo, Diana es tu sangre. Que no se te olvide: la manada es sagrada.

Lupe asintió con la cabeza y por fin le dirigió la mirada a su hermana.

—¿Al menos fuiste feliz por un rato?

—Creo que sí... sí.

—Tienes que aprender a ser más desconfiada. No te olvides de lo que pasó en la textilera. Hay muchos gordos por ahí cazando pendejas como tú.

—¡Shhh! Lupe, por favor. Es que el miedo, el maldito miedo me...

—Don Aníbal dice que no te alzó la mano.

—No, no lo hizo —Diana evadió el asunto. No volvería a cometer el mismo error. Más valía evitar que su hermano se volviera a manchar las manos por su culpa. Así lo entendió Lupe.

—Ven, pinche flaca. Ya pasó. No chilles. Te perdono.

Su cuerpo, blando y tembloroso como el de los roedores se volvió a acostumbrar al regazo de su hermano. Que no me suelte, que no me vuelva a dejar a merced del miedo.

El Morocho ya había ido a felicitar al cumpleañero y se disponía a unirse a la emotiva escena cuando entró la Sombra por la puerta principal seguido por los fotógrafos de una revista de sociedad. Era imposible no ser atraído por la figura del muchacho ataviado de ropa y joyería estrafalaria.

—¡Óscar! —exclamó el festejado cuando vio llegar al campeón—. Gracias por venir.

—Cómo iba a faltar, don Checo, si es usted como un padre para mí.

Los asistentes aplaudieron, muchos de ellos, con hipocresía.

—A todos les dice lo mismo, todos son como sus padres. Mira nada más a don José, su risita fingida ahí detrás del par de…

—Hermano, te van a oír —intervino Diana.

—Déjame en paz, y mejor ve a comer algo, estás muy flaca.

Lupe se fue a la barra antes de escuchar el credo que estaba por venir de sus entrañas: "¿Y si lo odias tanto por qué no lo enfrentas y se lo dices sin los guantes puestos?". No, todavía no. Déjalo que se crezca para que le duela más el madrazo. Va a caer, se va a caer.

La fiesta le regaló risas y canciones a todos, menos a Lupe, que no se había movido de la barra desde donde miraba a Óscar con profundo odio. Él se habrá dado cuenta, pues volteó a verlo y alzó su ceja como para alargar la distancia que siempre mantenía con los que creía inferiores. Lupe también levantó la ceja. Óscar esbozó una sonrisa burlona y, como si se divirtiera, se fue acercando bailoteando al son de la música de mariachi.

—*Estos celos me hacen daño, me enloquecen…* Dicen que quieres pelear conmigo, *brother* —palmeó la espalda de Lupe.

—Dicen…

—¿Entonces? ¿Sí quieres? —Lupe le quitó su mano de la espalda—. Fíjate que no sería mala idea. Luego de la gran pelea de mayo y de mi descanso podría ser que te dé una oportunidad en septiembre, necesito un buen costal.

—Un buen costal —repitió Lupe—. Está bueno, yo puedo ser tu costal.

La mirada afilada de Lupe intimidó a Óscar, quien no quiso demostrarlo.

—Tranquilo, no te calientes que estamos en una fiesta como las que no conocías en tu barrio. Pinche vato, desde chamaco eras así de naco. Me acuerdo de ti. Estabas flaco, mugroso, olías como a cochambre. Le diste al Dragoncito y ya te creíste muy chingón, ¡pero si todos nos lo madreábamos! Tu protector, el loco ese que todos saben lo que es...

—Ahí sí te pido que no sigas —amenazó.

—Bueno, bueno, tu protector, su alteza don Aníbal, se ha encargado de tu carrera. Si estoy al tanto: infló tus números de amateur para subirte a profesional más rápido, le pagó a la Comisión para ponerte puros bultos. No, no me mires así, ¿creías que habías ganado a la buena?, no mames.

Lupe dio un trago a su agua mineral alejando su mirada de la de Óscar. Fue asaltado por la duda; sin embargo, su instinto lo salvó de inmediato: "no entres al juego del diablo. No le creas", le susurró.

—Yo creo que estás pedo —replicó.

—Pedo pero no pendejo como tú. Eres como el boxeador que compró el Popocatépetl para entrenar, ¿sí te sabes esa historia? Es real, la puedes leer en el internet. ¡Qué vas a leer! Ni has de saber. Jamás serás como yo. ¡Ya sé a quién me recuerdas! Voy a contar una historia, la de un boxeador de Mexicali que era bien perro, así como tú...

—¡Vete a la verga con tus historias!

Diana y el Morocho se acercaron a Lupe y don José fue hacia Óscar, que sí estaba ebrio de alcohol y soberbia, para apaciguar el ataque de risa que escandalizaba, sobre todo, a los periodistas. "Aquí hay pique, se va a poner buena la pelea... vengan las apuestas".

38

—¡Ya se acerca la pelea de septiembre! Dos mexicanos se enfrentarán en Los Ángeles: Óscar *la Sombra* Jiménez contra Lupe *el Lobo* Quezada. Y créanlo, que cuando dos connacionales se enfrentan en el cuadrilátero, la pelea promete ser explosiva.

—Sin duda, pero Óscar está en otro nivel, creo yo. Es el campeón del mundo, le duela a quien le duela. Me parece que están arriesgando mucho a Lupe Quezada, Daniel.

—Pues yo francamente sí espero que Lupe le haga más que un rasguño a la Sombra.

—Una cosa es su actitud, Daniel. Él es indudablemente arrogante. Otra es que sea un buen boxeador. Podemos decir que Lupe es la antítesis de Óscar, es más humilde, de pocas palabras, creo que muchos quisieran verlo derrotar a Óscar, que no es de la simpatía de la afición.

—Es que es un payaso. Juan Manuel, tú fuiste campeón del mundo, yo creo que el último de los ídolos y jamás te comportaste como él. Un campeón no debe actuar como un payaso.

—Un payaso que boxea formidablemente.

—Pues aunque las apuestas vayan ochenta a veinte a favor de Óscar, yo sí espero que Lupe dé una sorpresa.

—Estás siendo muy poco realista, Daniel.

—Quizá. Ya veremos.

Frente a la vitrina de sus recuerdos, su confesionario particular, don José recibió la visita de Sarita, su esposa, que se le recostó en las piernas.

"No, no me pasa nada. Bueno, te confieso que sí. No se te va una, pinche vieja. Mira nada más en lo que vine a meterme. Óscar y Lupe. A mí también me parece que Óscar es muy pedante... ¿te acuerdas cuando vino a la casa? Pobre de la chacha, teniendo que limpiar el vómito de la alfombra por la borrachera que agarró. Pero es el campeón del mundo, mija, y si Lupe lo va a retar es por las locuras del Aníbal que sabrá Dios cuánto dinero habrá metido para arreglar esta pelea tan desigual. Si Óscar gana, que así parece que será, se lleva veinte millones de dólares. Si Lupe gana se embolsa cinco. Si yo entreno a Óscar, imagínate el prestigio: otra defensa del título para la lista, pero si entreno a Lupe me gano la amistad del loco ese que cada vez tiene más territorio acá en Tijuana, y no te creas, mi chula, claro que me da miedo que en un pinche arranque pueda tomar represalias conmigo y con la familia. Pobre Lupe, me da pena ajena el chamaco. Pega duro, eso que ni qué. Sergio es el que más lo entrena y ya sabemos quién es Sergio; se lo puse para librarme del compromiso y desde aquel entonces no lo suelta. Pinche Lupe, es un animal de hábitos. No sé qué hacer, estoy entre Dios y el Diablo, o mejor dicho, entre dos diablos. ¿Sabes qué? De una vez arreglaré esto, hágase a un lado mi alma, que voy a llamar al Morocho".

—Aníbal, amigo, tengo que platicar contigo de algo… muy importante.

—Tragas saliva como si tuvieras algo atorado. ¿Pasa algo?

—Sí, en realidad sí pasa. Quiero que hablemos con calma, hermano.

—Creo saber por dónde va la cosa, guacho. Y dale, tranquilo che, que no pasa nada. Te entendemos.

—Yo quisiera que, Lupe, yo quiero mucho a Lupe —trastabilló don José.

—Lo sé. Mirá, él se siente formidable con Sergio. Dale, que Óscar te va a necesitar —se burló el Morocho, que en ese momento se encontraba a un lado del Señor.

—Bueno, era eso. Pasado mañana me voy a San Diego con Óscar.

—Anda, sí. Suerte, campeón.

—Ese José sigue teniéndole fe a su boxeador estrella —platicaba Aníbal con el Señor en una casa de seguridad ubicada en la colonia La Morita—. Piensa que mi Lupe es un costal. Se equivoca. Mire nada más qué belleza…

En la esquina de la sala, Lupe castigaba el cadáver del Cachetes, que ya no era más que una masa enrojecida sin ojos ni lengua.

—Es tan complaciente mi hijo, me quiere tanto. Se merece el mundo —suspiró el Morocho, orgulloso del muchacho que parecía un verdadero lobo saciándose con la carne ajena, como si estuviera poseído por el animal en honor a quien tenía su mote.

El Señor también miró la escena satisfecho.

—Creí que el Cachetes nos iba a dar más problemas —contestó masticando un chicle de tabaco que hacía columpiar su bigote—. Sabré agradecerte esta. Voy a apostar por él y si gana la pelea, les voy a dar un regalito.

—Lo digo y lo repito: los puños y la mandíbula de mi muchacho son un regalo de Dios —dijo dándole un abrazo—. Con su amistad basta, Señor.

39

La Arena de Los Ángeles se vistió de gala para recibir a los dos pugilistas mexicanos en pelea estelar por el Día de la Independencia. Celebridades y aficionados se dieron cita para ver lo que para muchos era la poco prometedora contienda entre el campeón del mundo y un casi desconocido.

En el vestidor de Óscar, don José y el equipo se ataviaban con el uniforme en azul y negro de la Sombra. "Voy a salir con la canción 'Ojo del tigre', así, bien chingón, onda los ochenta, ¿cómo ve, mi querido José?", decía el pugilista ataviado de los anuncios de sus patrocinadores golpeando al aire ante las cámaras de televisión.

Sergio terminaba de colocarle los guantes a Lupe. "Dios sabe que te preparé lo mejor que pude, hermano. Vamos a ganar con el favor de Él y vas a ser el campeón del mundo. Uno de los más jóvenes, mi Lupe: campeón a los veintidós años". Amén, respondió el pugilista persignándose con su guante derecho.

Y ahí está, Lupe el Lobo Quezada, que busca un milagro. Vean cómo lo quiere la afición. Los detractores de Óscar le aplauden y también los que sienten afinidad con el boxeador que está a un paso de alcanzar la gloria aunque las apuestas estén ochenta a veinte en su contra. Se le ve seguro, confiado, yo creo que algo maravilloso puede pasar.

Sale Óscar con caminar de emperador, ¡le aplauden! ¡Pero también se escuchan abucheos! A la Sombra le han dicho de todo, pero no podemos negar que ha crecido como pugilista y que es campeón del mundo en el peso superwélter.

Los dos peleadores son entrenados en el gimnasio de don José Mora, cuna de muchos campeones del mundo, entre ellos sus hijos: Ernesto e Israel Mora. Don José tuvo que elegir a quién preparar y escogió a Óscar. Lupe fue entrenado por este hombre que ven en su pantalla, Sergio García, su preparador físico.

Los aficionados aplaudieron y el Morocho, junto con Diana, que tenía a su sobrina en las rodillas, gritaba y echaba porras a Lupe. La bandera mexicana ondeaba en las dos esquinas. Se anunciaron los pesos y los récords. Los aficionados se acababan la voz en el recinto.

"¿Están listos para la pelea?", gritó el presentador.

Sergio le quitó a Lupe el escapulario de la Virgen del Carmen. Óscar se persignaba y escuchaba las indicaciones de don José: "¡Quiero una pelea inteligente! ¿Me escuchas, Óscar? ¡Pelea con la cabeza! ¡Lupe es un animal, no te vayas a confiar, lo conozco bien! No te burles, con una chingada".

Los pugilistas se acercaron al centro del cuadrilátero. El réferi les dio las indicaciones: quiero una pelea limpia. Nada de golpes abajo del cinturón. Somos caballeros, ¡a sus esquinas!

¡Suena la campana, arranca la pelea!

¡Estos muchachos se traen ganas! ¡Este lugar es la locura! Los dos son peleadores de don José el Morita Mora, creador de grandes campeones del mundo, entre ellos este de pantaloneta azul, Óscar, la Sombra, boxeador controversial pero de buena técnica que suelta la primera combinación. Está exponiendo su cinturón ante Lupe Lobo Quezada, un boxeador joven, veintidós años tiene el de Tijuana que ya pelea por el título mundial. Lupe sabe lo que tiene enfrente y se va con cuidado, ¡tremendo derechazo recibe de la Sombra!, pero Lupe le responde al tú por tú. Óscar le da el uno, dos, y lo remata con la izquierda. Óscar se está confiando, se le ve muy relajado. Cuidado, que el Lobo tiene una pegada que puede sorprender. La velocidad de Óscar es superior, parece que quiere jugar con su retador. Tira un recto y se mueve, Lupe tiene que meter más presión. Diez segundos y se fue el primer capítulo.

Diez puntos para el campeón, nueve puntos para Lupe Quezada.

Round dos

Apenas empieza el segundo round y la Sombra ya se lanzó a castigar fuertemente la humanidad de Lupe. Baila de un lado al otro y ¡no, eso no lo puede hacer! Óscar se está riendo y hace mímica, como si fuera un torero, ¡la gente abuchea la provocación y grita Lobo, Lobo! Cuidado, que Lupe tiene pegada, aunque está sangrando. Parece que tiene roto el tabique. Necesita respirar, mejorar su juego de piernas y salir del terreno corto, debe ser inteligente al momento de ir al frente. Óscar sigue bailando. El Lobo no debe caer en el juego, se tiene que mantener enfocado y… atención, que ¡Lupe acaba de conectarlo con una poderosa derecha! ¡Poderosa combinación!, y la campana salva al campeón. Termina el segundo round.

Nueve puntos para Óscar, diez puntos para Lupe.

Round tres

Parece que Lupe no estaba preparado para pelear contra un boxeador de la estatura de Óscar que no deja de castigarlo, maneja muy bien la distancia y Lupe intenta descifrar el crucigrama, parece que no puede. Lo vuelve a machacar con la izquierda en la nariz, se lleva toda la potencia del campeón. Pero cuidado, Lupe responde, está atacando, buen gancho al hígado, Óscar se dobla, baja la guardia y... y... ¡lo noqueó! ¡Lo noqueó! ¡Nadie lo puede creer, ¡nadie se lo esperaba! En el tercer round Lupe noquea al campeón del mundo, ¡qué bárbaro! La madre de Óscar está llorando, Óscar no reacciona, está en la lona y no se mueve. La gente está enloquecida. Lupe alza los brazos, parece que ya no le molesta la nariz, está sonriendo. Ahí vemos a su hermana, que parece estar agradeciendo a Dios por la victoria. ¡Bravo! Qué manera tan brutal de ganar. Definitivamente nos ha callado la boca a todos.

Vamos a ver la repetición.

Óscar está fulminado. Hay un drama arriba del cuadrilátero. Es la primera vez que es noqueado. El golpe fue brutal, durísimo. Se estaba acomodando cuando se encontró con esa derecha y fue mandado a la lona de manera apabullante. Nunca se pensó que Lupe ganaría y lo hizo, ¡de qué manera!

El recinto de Los Ángeles está enloqueciendo. Se escuchan gritos. El Lobo, el muchacho de barrio bajo y pocas palabras que ha encantado a la afición que ya piensa en su nombre junto al del Púas, el Ratón, el Mantequilla, Chávez, Márquez, y en toda esa vieja generación de grandes ídolos. La afición no se equivoca. Todos estamos eufóricos. Qué noche, señoras y señores. Está naciendo un ídolo. Lupe el Lobo *Quezada se está convirtiendo en el nuevo ídolo del boxeo mexicano.*

La esquina está solicitando una camilla. Esperemos que no sea nada grave. Óscar sigue sin reaccionar, vamos a estar pendientes con lo que le pasa al ahora excampeón del mundo.

"Lo entendiste muy bien: el boxeo es la gloria. ¿Te duele la nariz? ¿Te duelen los brazos? Y qué importa todo lo que te pueda doler por fuera, si por dentro eres el más grande. Venga el cinturón y que no te limpien la sangre. Deja que corra por la nariz. Vaselina. Sudor. No pretendas verte bonito, tú no. Ve a los de la otra esquina, bien, don José, eligió bien, sonríele. Óscar sigue tirado, lo fumigaste como al gordo José Luis, como a los sicarios amarrados a la silla, como a todo ese pinche pasado atascado de mugre y pobreza. Los mataste a todos, Lupe. A ver quién se vuelve a atrever a mirarte para abajo. A ver quién vuelve a humillarte. ¿Qué se siente tener el cinturón en tu hombro? ¿Cómo se siente ser un ídolo? ¿Qué se siente ser cargado en hombros? Te sientes más grande, más alto, más cerca de Dios… de Dios".

Lupe buscaba a Aníbal entre la multitud. Un periodista se acercó a hacer las preguntas habituales. "Me siento muy bien, muy contento. Yo sabía que iba a ganar con el favor del Señor y de mi equipo. Hace años yo boleaba zapatos en las calles. A veces comía, a veces no. Ahora es cuando empiezo a vivir gracias al favor de todos los que vinieron a verme, porque sin ustedes, gente, yo no sería nadie: ¡Viva México!".

Magníficas palabras. Este pugilista nos ha vuelto a recordar de dónde viene el verdadero box. Me da mucha emoción ver a este Lupe Quezada en el ring tan lejos del estereotipo del boxeador fanfarrón. Un peleador que no habla más que con sus puños. Qué orgullo, qué alegría. Esperemos que en realidad estemos ante el surgimiento de un ídolo. Este guerrero tiene talento y se merece una larga carrera llena de victorias.

Nos informan que Óscar acaba de despertar y ya fue trasladado en ambulancia al hospital, donde…

Bajó del ring entre aplausos que taladraban los tímpanos. Caminó hacia su camerino con la mano de Sergio en la espalda. El preparador ya no cabía de orgullo.

—Dónde está papá.

—No lo sé. Lo vi en el público, se levantó y ya nadie lo vio —dijo uno de sus asistentes.

—Ahorita le llamo —intervino Sergio.

—Quiero saber si todo está bien o si debo ir a encontrarme con él.

—El médico tiene que revisarte la nariz y después hay que ir a la rueda de prensa —replicó el asistente.

—No, a la chingada con eso. Sergio, diles a los periodistas que mañana la hacemos, a ver qué inventas. Doctor, ¿cómo ve mi nariz?

El médico estaba revisando a Lupe cuando Aníbal entró por la puerta del camerino con una inesperada mirada opaca.

—¿Cómo está mi muchacho?

—Bien, bien. Tiene inflamados los párpados, nada grave. La nariz no está rota, ya la revisé.

—¿Me lo puedo llevar entonces?

—Sí, claro. Y felicidades Lupe, fue una gran pelea.

El Morocho lo condujo a la puerta y se lo llevó por la parte trasera del recinto hasta su automóvil. Llovizna. Ninguno de los dos hablaba.

—Hijo, tengo un negocio por cerrar, ¿me ayudás?

—Como siempre, ya sabe que sí.

—Perdoná que te haya dejado al final de la pelea. Tuve que ir a resolver un par de cosas. El asunto es grave. Vamos a mi casa —indicó al chofer que parecía un perro.

Lupe se empezó a preocupar. Aníbal no reía, su barriga redonda no se agitaba por las carcajadas que habitualmente soltaba tras la euforia de una pelea, sobre todo esta. Ha de tratarse de una cosa muy seria, pensó y aflojó los puños pensando que seguramente debería volver a utilizarlos en cuanto llegaran al sótano.

—Ya ni me despedí del buen Sergio. Le va a tocar disculparme con la prensa.

—Él lo va a entender, che.

—¿Tan cabrona está la cosa?

—Mucho muy cabrona, hijo.

El vehículo se estacionó. La casa parecía vacía. El Morocho apresuraba a Lupe. Abrió la puerta y...

¡Sorpresa!

Las luces se encendieron y la música sonó con fuerza. La cara de Aníbal volvió a iluminarse con el colmillo de oro que brillaba con las luces de la sala.

—¡Te asusté!

Lupe relajó la cara y respiró hondo. Menos mal que no tendría que volver a usar los puños, sus brazos estaban muy doloridos.

—Voy a mi oficina un segundo y vuelvo, mientras divertite, que te lo merecés.

Ahí estaban todos: amigos, periodistas, gente del negocio, anunciantes, empresarios, directivos de las comisiones y organizaciones de boxeo y su equipo. Lupe, entre la muchedumbre, recibía elogios y palmadas.

Su mirada estaba perdida entre las caras que reconocía, pero que no le interesaban. Hasta que la vio.

Estaba sentada en el sofá blanco. Miraba al mesero hacia arriba. Con una amplia sonrisa, le decía que no se le ofrecía nada más. Tenía el cabello ondulado colgándole hasta los hombros, las facciones redondeadas y la nariz pequeña. No tenía lo que se conoce como un cuerpo perfecto, hasta podría decirse que tenía un par de kilos de más, pero sus cejas, esas cejas altas que parecían de actriz de los años cincuenta y esos labios robustos eran un imán. No tenía maquillaje y estaba un poco despeinada. Jeans, botines negros y un poncho color beige. Miró a Lupe y se sonrió con él. Era lo más bonito que Lupe había visto en su vida: un rostro natural, un cuerpo natural, una sonrisa natural, y la naturaleza es sabia, pensó.

—Así que usted es el famosísimo Lobo.

—Para servirle —coqueteó Lupe sentándose junto ella.

—Ana, me llamo Ana.

Ana, como la madre de la virgen. Como el principio de todas las cosas perfectas, por eso no podía haberse llamado Eva.

—Mira que quiero saber más de lo que me han contado de ti. Soy muy curiosa.

—¿Le han contado sobre mí?

—Mucho, todo el tiempo. Te confieso que llegué a hartarme de escuchar tu nombre: Lupe esto, Lupe lo otro… qué pesado.

—¿Y quién sabe tantas cosas de mí?

—Ah, eso todavía no te lo voy a decir. Mejor cuéntame, Lupe, ¿te puedo decir Lupe o Guadalupe te gusta más?

—Lupe está bien.

—Antes que todo, Lupe, muchas felicidades, ya eres el campeón del mundo. Ahora me presento: me llamo Ana Rodríguez. Tengo veintitrés años, apenas terminé la carrera de Comunicación y Relaciones Públicas en San Diego. Me gustan los museos, leer, no me gusta la televisión y jamás he visto una sola de tus peleas. No lo tomes personal, no me gusta el box.

—Mucho gusto, Ana   dijo sintiendo franca simpatía.

Se estrecharon las manos y sin pensarlo, con el mismo instinto que lo obligaba a matar, le apretó la diestra, acercándola a su cuerpo.

—Bueno, ahora dime, qué otra cosa haces además de boxear y permitir que te dejen la cara así de lastimada. Tienes amigos, algún pasatiempo… sé que tienes una niña preciosa, Teresita.

Aníbal se acercó antes de que Lupe pudiera abrir la boca.

—¿Ya se presentaron? Me da gusto. Hijo, ella es Ana, mi mujer.

Pinche vieja con olor a jabón de tocador y pelo despeinado. Lupe sintió las rodillas blandas, como si estuviera ebrio.

—Mucho gusto, señora.

—Dejá de boludear, qué señora ni qué señora —dijo socarrón— decile Ana.

—Mucho gusto, de nuevo.

—Igualmente, de nuevo, Lupe —sonrió.

"Si me coqueteó a propósito y desde el principio", pensó con urgencia de salir de aquel momento incómodo antes de que se delatara su atracción por ella.

La pantalla del teléfono brilló en la oscuridad, mostraba la palabra Celeste en ella, pinche vieja, por fin era oportuna. No respondió, aunque le hizo bien distraerse un segundo.

—Creo que vas muy rápido, amor. Primero que descanse, mira cómo trae los ojos y la nariz.

—Ana, él es el que va rápido —hizo un ademán que simulaba al *Ecce Homo*—, va para arriba y la gente lo adora.

—Es lo que usted me dijo desde el principio, que iba a ser campeón del mundo —intervino Lupe que no sabía qué más decir para apartar la vista del rostro de Ana.

—Han pasado muchos años, sí. Está cabrón cómo pasa el tiempo —dijo por decir algo.

Sergio entró a la casa junto a don Checo y eufóricos lo señalaban. "Por fin. Hora de escapar". Se disculpó con la pareja y caminó hacia ellos a recibir sus congratulaciones. Claro que le gustaba experimentar el placer de ser el centro de atención. La banda le dedicó la siguiente canción al nuevo campeón del mundo y todos brindaron por la gran pelea. Poco se escuchó el nombre de Óscar, del que se sabía, seguía en el hospital.

Una chica se aproximaba a felicitarlo.

El teléfono volvió a sonar; cinco timbrazos. Otra vez esta vieja, pensó y lo apagó.

La muchacha que caminaba como felino era la edecán de la cervecería que levantó los números en la contienda, la reconoció. Era guapa, mucho más que Ana, pero no había en ella una pizca de la naturalidad que la mujer del Morocho emanaba. "Cómo te atreves siquiera a compararla", lo regañó su instinto, "si es la mujer de tu padre, algo así como tu madrastra. Compárala con Celeste para que salga ganando y te la cojas a gusto". Qué buena está esa morena de acento colombiano.

—Felicidades, campeón, ¿tomamos algo?

—No, mejor vámonos a otro lado, desde hace rato te traigo ganas —respondió Lupe, y la tomó de la mano para llevarla a un baño del segundo piso. La chica se sonreía imaginando la generosa propina.

Ana los miraba atenta. Sentía celos, le habría gustado ser como ella, meditaba sintiendo la mano gorda y pigmentada por los años que le sobaba desde el muslo hasta la rodilla. "Ese talento suyo de descubrir oro entre la basura. Cuántas veces no me lo ha repetido con ese pinche acento argentino tan falso: Qué querés Anita, qué querés… te daré lo que desees, excepto cirugías y ropa de puta. Si vas a ser mi mujer no te verás como las guachas que nada más viven para presumir el tamaño de sus tetas. ¿Y por qué estudias tanto?, se la pasa cuestionándome, si cuando nos casemos te dedicarás a la casa. Dale, che, te doy permiso, ¿Trabajar? No. No tienes necesidad. Visita todos los jodidos museos del mundo, estudia cuánta carrera te dé la gana, vacía las librerías, pero trabajar, olvídate. Aníbal, le pregunté un día: pudiendo tener a las mujeres más bellas, ¿por qué yo? Él me contestó que porque cuando me vio recordó la letra de una canción que cantaba con su mamá cuando era niño. Bendita mujer. Pensándolo bien, de qué puedo quejarme. Tiene razón, no me hace falta nada".

Luego de la fiesta, Lupe se fue con la colombiana a un hotel donde pasó días enteros hibernando y teniendo sexo.

Ana y Aníbal se dirigieron a su casa de Los Ángeles, como marido y mujer, intercambiando las impresiones de la noche.

El chofer que parecía un perro los miraba desde el espejo del carro añorando a su esposa a quien no había podido visitar desde hace dos semanas.

Diana se quedó a mirar la televisión en el hotel después de la pelea de su hermano, rogando quedarse dormida pronto. Teresita descansaba junto a ella.

Don José analizaba la pelea en el pasillo del hospital y se lamentaba por no haber entrenado a Lupe.

Óscar dormía bajo un coma inducido a la espera de una cirugía cerebral.

Celeste lloraba junto a una botella de mezcal por un amor que había nacido muerto.

40

ANTES DE VOLVER A SU CASA EN TIJUANA, Lupe pensó en hacer una visita. Fue a una florería y siguió su camino hacia el hospital de Los Ángeles.

En la habitación 209 no había más señal de vida que el compás del respirador artificial conectado al paciente que no movía más que los ojos y gemía de vez en cuando. Se fue acercando lentamente, como las hienas cuando quieren robarse la carroña de otra manada.

—Vine a contarte una historia, de esas que te gustan tanto, a ver si te animas un poquito. Había una vez un boxeador chingón, bueno, la verdad es que ni tanto. Era de Tijuana, güerito, ojos claros y muy, pero muy arrogante. Veía a todos para abajo, así como te estoy viendo a ti, igualito. Se creía el rey del mundo, como dice la rola. Una noche de gran gala se ganó el título mundial, pero ¿qué crees?, ni así lo quería la gente. Todos lo criticaban al hijo de puta, y poco a poco se fue volviendo el cabrón más odiado de México, porque todos lo favorecían, lo cuidaban, le ponían costales. Luego, ganó el superwélter, ¡no mames! Ni quien lo aguantara. Hasta que un día se topó con un animal… Pude haberte matado, pendejo, pero preferí ganarme el respeto y el cariño que tú no vas a tener jamás. ¿Te das cuenta? Fue mi decisión que siguieras vivo. Quería que me vieras como ahora lo haces así, tullido y sin poder hablar —el flujo y la presión del aire en el respirador artificial se aceleraban. Óscar apretó los ojos y sus lágrimas mojaron la almohada—. ¿Qué tanto balbuceas? Na, na, da, da. Pareces un bebé. ¿Estás llorando o te gustó la historia? Pobre Óscar, ya no vas a poder mirar a nadie para abajo. Vete acostumbrando. Bueno, te dejo tus flores y me voy a atender a la prensa. Qué bueno soy, mira que venir a visitarte a ti que tanta mierda me echaste. En fin, la vida sigue para todos, hasta para ti, si a esto le puedes llamar vida. Que te mejores pronto y que disfrutes tus veinte millones.

—Qué bonito gesto de Lupe de ir a visitar a Óscar al hospital, ¿ya viste las noticias? —dijo Ana durante el desayuno.

—Lindo gesto, sí —respondió Aníbal burlándose.

—¿Y por qué te ríes?, ¿qué tiene de chistoso?

—No, nada. Mostrame la nota.

—Aquí está el video. Oye, pero qué cara de hombre de las cavernas tiene este hijo tuyo, ¿no pudiste haber encontrado uno más bonito?".

—No seas hija de puta —se burló Aníbal.

—Es en serio. Tiene las cejas abultadas, la nariz aplastada y la quijada cuadrada. Y con esa barba que está dejándose crecer, parece un mono.

—Es un pibe del pueblo —argumentó—. Además, así como lo ves, ha tenido unas mujeres buenísimas.

—Pues esa imagen se podría mejorar y le lloverían los patrocinios —replicó Ana alzando la cejas.

—¿Y por qué no lo ayudás con esas cosas?

—¿Yo?

—Sí, vos, ¿no te la pasas jodiendo con que querés trabajar? Así hacés algo de provecho y dejas de criticar a mi pobre muchacho. Si la caga será cosa tuya también.

—Va, me parece muy bien, aunque tendrás que pagarme bien.

—¿Más? Si barata no sos, loca.

—Claro, pero yo no tengo experiencia trabajando con simios, voy a tener mucho qué hacer.

—Qué cabrona que sos.

41

Corrido del Lobo

El más bravo de la banda
poderoso en la batalla
desde niño un luchador
entre los grandes el mejor.

Se llama Lupe el gran lobo
y con respeto lo nombro
es campeón entre campeones
le ha ganado a los mejores.

En la pobreza se hizo hombre
con esfuerzo forjó un nombre
Es Lupe el Lobo Quezada
el jefe de la manada.

42

Desde que llevaron a Óscar al hospital de Los Ángeles, don José hizo una pausa en su carrera y se quedó junto a la madre del muchacho a la espera de su traslado a México. Se sentía culpable y necesitaba subsanar sus penas: "Le tenía recelo. Me di cuenta desde que llegó al gimnasio con su ropa vieja y los zapatos agujerados. Creo que Óscar ni sabía que existía, no figuraba en su mundo que ya era el de una estrella. Lo noté y no hice nada. Ignoré la situación y me fui de su lado. Yo también soy responsable".

—Ya no se mortifique, don José. Cómo íbamos a adivinar lo que pasaría —consolaba la madre de Óscar al entrenador que no lograba tragar el sorbo que le había dado a su café de máquina.

—Pobre.

—Cuando lo sacaron del ring en la camilla pudo abrir los ojos. Me dijo que se sentía mareado y que no podía ver. Los paramédicos pensaron que ya se estaba recuperando y rápido lo llevaron a su camerino, ahí es donde usted lo vio.

—Todavía pudo sentarse en la silla, sí —reconstruyó la dolorosa escena.

—Luego se desvaneció de nuevo. Lo trajeron al hospital y le hicieron la cirugía de emergencia. Dicen los médicos que el daño cerebral ya está hecho, que no pueden hacer nada. No nos dan muchas esperanzas…

—Yo sé que nos escucha y que nos entiende. Dios también nos ha de escuchar.

—Decían que mi Óscar era malo. No, don José, no era malo —dijo la mujer que ya lloraba sin buscar consuelo—. ¿Ha usted leído lo que escriben los aficionados? Que qué bueno que le dieron su merecido, que ya era hora de que le bajaran los humos, que eso le pasaba por presumido, ¿cómo pueden pensar así?

—No haga usted caso, son unos locos.

—Mi niño no era malo. Se creció, no vamos a decir lo contrario, y quién no con los millones que le cayeron de golpe, con tanta publicidad, tanta cosa. Don José, usted lo conoció desde el principio de su carrera.

—Me acuerdo, sí. Lo llevó a los diez años para que aprendiera a defenderse, era gordito y en la escuela lo molestaban mucho —suspiró con nostalgia.

—Y yo siendo mamá soltera, trabajando dobles jornadas, quería que aprendiera a valerse en la vida. Usted fue como su papá. No dudo que haya tenido que soportar sus humores y malos modos, pero no era malo, mi Óscar no era malo —repetía.

—Yo lo sé.

—No tengo cómo agradecer que se haya decidido a entrenar a mi hijo. Sé que fue una decisión muy dura. Ese Aníbal y ese Lupe no me dan buena espina.

Don José recordó cuando el Morocho entró por primera vez en el gimnasio con Lupe, flaco y jiotoso, con los ojos afilados como si tuviera ganas de usarlos para clavárselos a alguien. "Maldito asesino, no fue un accidente, lo hizo con saña el animal ese", caviló en silencio.

—No tiene usted nada qué agradecer, señora —contestó con la voz acuosa.

—Fíjese que le trajo flores al día siguiente que salió de terapia intensiva. Yo no estaba en la habitación porque me di una escapada al restaurante para comer algo. Alcancé a ver que llegaron los reporteros y me encontré con Lupe. Les dijo que mi hijo era un guerrero con mucho corazón al que quería y respetaba, y que ese pique que se traían era parte del espectáculo.

—Lo vi en las noticias, sí.

—Después entré a ver a mi hijo. Lloraba, hacía ruidos y se le salían lágrimas. Está guardando un dolor que no tiene cómo sacar. ¿Se da cuenta? A Óscar lo enterraron vivo.

43

En el jardín de su casa en Tijuana, Celeste jugaba con su hija. Lupe intercambiaba mensajes por teléfono. Apenas había llegado y ya estaba arreglando una cita a las cuatro de la tarde en el café de un centro comercial con su publi-rrelacionista. "Podemos mejorar tu aspecto todavía más", le escribió Ana conminándolo a cortarse la melena y rasurarse la barba que, decía, le daba la apariencia de un cavernícola. Lupe se reía del mote:

Lupe el Cavernícola Quezada se escucha de la chingada.
Jajajajajaja.
Ta bueno, nos vemos. Mejor a las cinco para que me dé tiempo de echarme una siestita.
Claro su alteza, a las cinco entonces :)
Adiós, bonita.
XD

Celeste dejó a la niña con su nana, una muchacha gringa que estaba aprendiendo español a cambio de enseñarle algo de inglés a Teresita. Se acercó cuando vio que le sonreía a su teléfono.

—¿De qué te ríes?

—Vale madres, Celeste, ¿qué no entiendes que no tienes que estar jodiendo?

—¡Soy Susana! ¡Mi nombre es Susana!

—Como quieras, me da igual.

—¿Con quién te estás mensajeando?

—Vete a la chingada, déjame echar un sueñito.

—¿No me vas a decir?

Lupe se levantó del sofá y Celeste lo siguió hasta la habitación.

—¡Te estoy hablando!

—¡Y yo te digo que te vayas a la chingada! Pinche vieja loca, vas a asustar a la niña. ¡Gringa! ¡Llévatela por un helado para que no vea a la pendeja de su madre gritar como loro!

La muchacha asintió nerviosa y se apresuró a sacar a la niña de la casa antes de que cayera la tormenta.

—¿Por qué me tienes aquí si no me quieres? ¡Te estoy hablando! ¡Carajo, Lupe!

La sangre le bombeaba en la cabeza. "Es la madre de Teresita", le decía su instinto, y trató de controlarse. Tomó una mochila y guardó un par de cosas. "Será mejor que te vayas al departamento antes de que hagas una pendejada".

—¿Ya te vas con las putas? ¡Lupe, mírame que te estoy hablando!

Siguió guardando sus desodorantes y perfumes, evadiendo los jalones de Celeste que no paraba de gritar.

—Ya ni la chingas, hablas de putas como si se te olvidara de dónde te saqué.

—Lupe, no me insultes.

—No existes, para mí no existes, ¿qué no entiendes?

—¡Ya estoy harta!

—¡Si estás harta, lárgate tú de aquí! Pinche vieja gorda, estorbosa.

—¡Maldito seas! —agregó una bofetada.

Y en esa bofetada iban los años de soledad, el doloroso alcoholismo en el que se hundía, los sueños frustrados de tener una familia feliz y un hombre que la protegiera. En esa bofetada, Celeste había puesto todo: su amor, su furia, su tristeza, su dependencia, su soledad y el odio que sentía ante el reflejo de su cuerpo lleno de grasa y celulitis. Un manotazo en la cara de Lupe había sido su venganza, porque ella le había entregado su vida y eso a él le valía madres.

—No lo vuelvas a hacer, te lo advierto.

Pero lo volvió a hacer, ahora con la mano izquierda. Lupe perdió el control y ni el instinto pudo echarlo hacia atrás. Le propinó un puñetazo en la cara y, cuando estrepitosamente cayó al suelo despavorida, una lluvia de golpes descendió sobre ella. "Al menos abre el puño, dale con la palma, no con los nudillos". Celeste gritaba, suplicaba que parara. Tenía el ojo izquierdo cerrado y había sangre en su nariz. Cesó cuando sintió las uñas de Celeste enterradas en su pecho. "Ya párale, no seas como tu papá".

Lupe se detuvo y se acomodó el pelo. Ella se miraba las manos llenas de sangre y tocaba sus dientes, parece que tenía uno flojo. Estaba temblando.

—Me largo a la chingada.

—Antes de que te vayas, dime, te lo ruego… ¿me quieres aunque sea un poquito?

44

Lobo Quezada regresa al cuadrilátero

San Diego, Cal. Ha pasado un año desde que Lupe *el Lobo* Quezada (26-0-0, 23 ko) ganara el campeonato en esa fatídica pelea contra Óscar *la Sombra* Jiménez, que ha dejado al expugilista en estado vegetativo.

"Como siempre lo he dicho, quiero y respeto mucho a Óscar, es un guerrero. Confío en que los milagros existen. Nadie quiere cargar con una muerte, por supuesto que yo no quería hacerle daño. Así son los riesgos que uno corre dentro del boxeo. Hoy fue él, mañana puedo ser yo y así es esto", declaró Lupe en rueda de prensa junto a su promotor el empresario Aníbal Palermo, su preparador físico Sergio García y su jefa de relaciones públicas, Ana Rodríguez.

Ante la prensa, el campeón del mundo señaló que tras las negociaciones, ya tiene pactada una pelea para fin de año. Será contra el campeón del peso wélter en la Organización Internacional de Box, el panameño Wilfredo Durán, que cuenta con un récord de 24-0-0, 19 ко. "Estoy muy emocionado con la pelea, nos estamos jugando nuestros cinturones. Sé que Wilfredo es un gran boxeador, pero el Lobo no le tiene miedo a nada".

Por su parte, el preparador del mexicano, Sergio García, señaló que será, como siempre, en el Centro Ceremonial Otomí donde realizarán el entrenamiento. "Estoy tranquilo y confiado porque Lupe es un formidable boxeador, un fenómeno". Muchos reporteros cuestionaron la inexperiencia de su entrenador y preguntaron a Lupe sobre la posibilidad de mejorar su esquina con uno más experimentado, a lo que respondió: "El Lobo es leal. Sergio es parte de mi manada y confío en su capacidad así como él confía en la mía".

45

Ante el espejo de su casa, Ana se ponía labial y se acomodaba el vestido negro entallado que el Morocho le había dejado en su cama con una nota: nos vemos a las ocho en el restaurante de siempre. Te amo.

Se sentía como una muñeca siguiendo las indicaciones de su propio instructivo. Ya lo veía venir: el ofrecimiento de matrimonio que la amenazaba desde que lo había conocido. Y todo porque cuando la vio, se acordó de una canción de la infancia.

El vestido entallado le incomodaba. Era largo hasta el tobillo y de manga larga. El escote era discreto. Como que enseño y no enseño, pensó ante el espejo, detallando el broche de su peinado recogido. "¿Te das cuenta de que jamás conociste a otro hombre en tu vida?", le preguntó a su reflejo con unas tremendas ganas de llorar. "¡Basta! ¿De qué te quejas? Muchas han conocido montones con la esperanza de encontrarse con uno como el tuyo", le contestó la Ana que la miraba de frente.

Tan, tan, taraaaan. Tan, tan, taraaaaaan.

"Presiento que llegó la noche, Anita. No tienes para dónde hacerte". Y por eso te burlas tarareando la marcha nupcial. "Soy masoquista. Por cierto, ¿ya te hiciste la prueba?". No, todavía no. "Se pondrá muy feliz Aníbal. Ay, mujer, tú solita te pusiste el grillete". El grillete lo tenía puesto desde el día que me vio.

Abordó la camioneta que la trasladaría al restaurante de siempre. El Morocho llevaba un traje sastre puesto. La esperaba. En la medida en que se acercaba, iba distinguiendo más detalles sobre la mesa: una rosa roja y la temida cajita azul.

—Ana, mi amor —Aníbal le dio un beso en la mano a la muchacha que parecía su hija.

Guardó en su bolsillo la cajita azul que había dejado sobre la mesa y continuó con la conversación fútil que no llevaba a ninguna parte. Que si la vida en Tijuana, que si los negocios. Sorpresivamente, se puso nervioso. Ella también. "Necesito aire antes de volverme a sumergir en el agua". Las manos le temblaban y más se notaba cuando sostenía la copa de vino. Aníbal por poco le preguntaba qué era lo que tenía, pero ella se le adelantó con una ocurrencia absurda.

—¿Y Lupe?

—Bien, el pibe genial. Pronto se va al campamento a prepararse. Ya arreglamos su primera defensa.

—Eso es maravilloso, ¿sabes? Tengo una idea… aunque… bueno, mejor olvídalo.

—No, no, decime, cariño —insistió.

—Bueno, es que su historia es muy bonita y hace unos días conocía a unos documentalistas. Quizás es una buena oportunidad para darlo a conocer. Eso sí, es importante que no perdamos de vista la producción, estar atentos a cada toma de decisiones, porque de no ser así, la cosa se puede salir de control, ¿sí me entiendes?

—Sí, sí, te sigo —pidió Aníbal con auténtico interés.

—Pues, creo que sería algo muy provechoso. Si sale bien, le lloverían los patrocinios.

El Morocho sonrió ante la idea. No era mala: contar la historia del niño humilde que había llegado a ser campeón del mundo.

—¡Claro! Sería genial para Lupe.

—Y para mí también, Aníbal… ¿puedes pensar tantito en mí? ¿en que sea bueno para mí?

—Amor, claro que pienso en vos. Me parece que es un buen proyecto. Aunque por lo que decís, tendrías que dedicarte de lleno a Lupe. Si algo inapropiado llegara a ventilarse, me metería en un tremendo quilombo.

—De eso no te preocupes. Sabré arreglármelas. Podemos aprovechar que Lupe se va al Otomí. Que allá se grabe la primera parte del documental.

—Y la segunda durante y después de la defensa del título.

—¡Exactamente! Eres muy inteligente, mi amor.

—Que trabajes con Lupe me da mucha paz. Nada como dedicarse a los negocios familiares.

—A mí también me da mucha paz.

—Entonces, vamos a preparar todo para que el chofer vaya y se quede contigo en el campamento.

—¿Y a ti quién te va a cuidar, mi amor?

—Nada, no pasa nada. Tengo a mis hombres mientras tanto, muchos de ellos. Más ahora que las cosas andan calientes. La situación servirá para que te mantengas protegida.

Ana respiró hondo. Había ganado tiempo antes de apretarse el grillete.

—Bueno, no me digas más, sabes que no quiero saber de tus asuntos. Yo te amo por quien eres, no por lo que haces —dijo cuidando cada palabra que salía de su boca.

—Ya sé, amor. Por eso, después de tanto tiempo, me atrevo a preguntarte: Ana, casáte conmigo —y colocó una argolla con un diamante en su dedo anular izquierdo.

46

La ciudad más violenta de México

Tijuana, B. C. El Nuevo Cártel de Guadalajara (ncg) intenta arrebatarle el territorio de Tijuana al Cártel del Norte, lo que ha revivido la violencia e inseguridad en la ciudad fronteriza, así lo reveló una investigación realizada en la Universidad de San Diego.

La batalla entre cárteles ha ubicado nuevamente a Tijuana en el primer lugar entre las ciudades más violentas de México con un promedio de 1 770 homicidios durante el año pasado, es decir, cinco asesinatos por día.

"Hay una guerra entre cárteles y se están peleando entre sí. Entre el sesenta y setenta por ciento de las personas que aparecen asesinadas en la ciudad no tienen domicilio en Tijuana; las están mandando a pelear la plaza", se lee en la investigación.

Asimismo, según datos de la DEA, el cártel NCG ha decidido enviar grandes cantidades de metanfetamina a Los Ángeles y San José, California, desde Guadalajara a través de Tijuana, lo que ha provocado el descontento de Julio *el Señor* Taboada, quien está a la caza de los invasores de su territorio. "Juan Benítez alias el Cachetes, el principal operador del Cártel de Guadalajara, ha desparecido de nuestro radar de búsqueda, lo que parece que ha enfurecido a sus patrones, pues de haber sido asesinado, la violencia en las calles se recrudecerá aún más", aseguró una fuente confidencial de la DEA.

47

A TRES MESES DE LA PRIMERA DEFENSA de su campeonato, Lupe se estableció junto con su equipo en el Centro Ceremonial Otomí, en Temoaya. A las seis de la mañana, con Sergio, sus tres *sparrings* y su preparador físico, corría unos quince kilómetros luchando contra la gravedad y la altura que podía fatigar hasta provocar desmayos. El frío le calaba, aunque lo peor venía cuando terminaba la carrera y el sudor, ya sin el calor del cuerpo en movimiento, le empezaba a engarrotar los músculos hasta llegar a los huesos.

Un nutriólogo también lo acompañaba y observaba con cuidado de detective cada alimento que el campeón se metía a la boca: "que no nos vaya a pasar como al pendejo que comió carne contaminada por clembuterol, o habrá comido clembuterol contaminado con carne", se mofaba de la historia de un boxeador que en fechas recientes había perdido su credibilidad ante un dopaje fallido.

Ana y el chofer que más bien parecía un perro, llegaron al gimnasio a la hora en que Lupe se preparaba para la segunda sesión de entrenamiento de la jornada. Ella lo esperaba con un resumen del proyecto que le explicaría a detalle. Se había imaginado un gimnasio muy distinto, digno de un campeón del mundo. En cambio, el lugar donde se encontraba era un piso amplio construido en el segundo nivel de lo que parecía una obra negra. Había un cuadrilátero en el centro y costales alrededor. Las paredes estaban recubiertas de espejos y pósters de mujeres semidesnudas. Unas peras gastadas pendían en la esquina. La música de banda provenía de un viejo reproductor de discos compactos. Ana era la única mujer en el lugar. Su perfume poco contrarrestaba el olor agrio de la lona y los costales que parecían impregnados de sudor rancio.

—¿A qué hora llega? —preguntó ansiosa al chofer.

—Me dijo Sergio que no tarda. Le están dando un masaje.

Lupe entró al gimnasio saludando a todos, incluido el conserje que cargaba una cubeta y escoba de mechudo. Llevaba puesto un traje deportivo blanco plastificado y unas vendas en las manos. Saludó al chofer y a Ana, amable, aunque con un dejo de indiferencia. Se paró frente al espejo junto a Sergio con quien practicó unas combinaciones, luego se fue a las peras y a los costales. Abdominales, cuerda, y al final, una breve pelea con el *sparring* Marco *el Dragoncito* Olvera.

Así habían transcurrido un par de horas. Lupe se sentó en una silla de metal. Hizo una pausa ignorando la presencia de los invitados.

—¿Ahora sí me vas a hacer caso? —le reprochó Ana.

—Me dijo Aníbal que quieres hacer algo con unos "documentaleros" o no sé qué madres —respondió sin mirarla a los ojos.

—Documentalistas, Lupe, vamos a hacer algo así como una película sobre tu vida.

—La historia de mi vida —repitió con una voz sarcástica—. No manches, tengo 23 años.

—No importa. Tú puedes inspirar a muchos niños y jóvenes para que luchen por sus sueños. Tienes una historia extraordinaria: un niño pobre que se hizo campeón del mundo, es un mensaje muy poderoso.

—¿Y qué hay de diferencia entre mi historia y la vida de tantos campeones? Casi todos venimos de la misma mata.

—De la pobreza, sí. Voy a decirte qué es diferente: la temporalidad. Eres el nuevo ídolo, Lupe, ¿no te das cuenta? Muchos han sido campeones del mundo, pero son contados los que llegan a ser grandes. Tú le devolviste las esperanzas a la afición mexicana.

—Mmm, es que no me gustaría hablar de mi vida con personas que ni conozco.

—Por eso estoy aquí. A mí me cuentas primero y vamos pensando lo que vas a decir ante las cámaras. Lupe, es una gran oportunidad para los dos.

—Una oportunidad, ¿para qué?

Ana se quedó callada. No quería soltar una respuesta completa.

—Ya te dije, para contar una historia extraordinaria. Además, te prometo que se te acercarán muchos patrocinadores. Yo me quedo con el veinte por ciento, para que veas que no estoy trabajando por puro amor al arte, ¿qué dices?

—Pinches viejas, no dan paso sin huarache —soltó una risa lozana—. Está bueno, tú dirás. Vamos a contar la historia de mi vida, pues.

Acordaron que tras el primer entrenamiento comerían juntos y aprovecharían para platicar. Después, de siete a ocho de la noche, se reunirían para atender los pendientes y organizar la agenda.

—Calculo que estaré con ustedes un mes. Prometo no distraerte —dijo despidiéndose para que Lupe siguiera con su rutina.

48

Con una botella de whisky en mano, Celeste se miraba en el espejo de su sala contemplando a la mujer irreconocible en que se había convertido. Nada quedaba de la muchacha de cuerpo bien formado que se contoneaba en el tubo del Lola como una serpiente en la rama de un árbol. Nada de la chica soñadora que se enamoraba de los galanes de las telenovelas. Nada de Susana.

—¡Lárgate de aquí! —gritó cuando vio que en el reflejo se asomaba la imagen de su hija acercándosele—. Que te vayas, te digo.

La nana gringa se apresuró a tomar a la niña por el brazo.

—Ven, hoy mami no se siente bien —le dijo y se la llevó de nuevo a su casita de juguete en el jardín.

Celeste no pudo apreciar el triste semblante de su niña; estaba adormecida por el licor. Se volvió a fijar en su reflejo y se tocó la cara anestesiada cuando, de pronto, un pensamiento le provocó náuseas y unas ganas de berrear que no pudo contener con nada: se había convertido en la madre de Lupe.

49

INTENTANDO CAZAR EL SOPLO DE LIBERTAD que necesitaba para dejar de pensar en Aníbal y en Lupe, Ana se tomó un par de horas para merodear por el centro ceremonial. No hallaba la manera de concentrarse en disfrutar esos últimos momentos de relativa soltura. "En cuanto te cases tendrás que dejar de trabajar, si es que a esto le puedes llamar trabajo. Está bien, no llores, mejor esto que nada. Además, mucho tiempo te costó convencerte de lo afortunada que eres como para que ahora te rajes. ¿No crees que es un poco tarde? Es que estoy harta, carajo. Siempre echándome en cara todo lo que me ha dado ¿Y a mí quién me recupera las noches perdidas? ¿Quién me calma la conciencia? ¿Quién me aplaca la curiosidad?".

El chofer que parecía un perro la seguía a una distancia prudente. Ella se plantó frente a la figura de Tahay, el mensajero del fuego y la vida en la cultura otomí, y abrió en su celular el buscador de internet: "es el señor mensajero del fuego y la vida".

—Señora, perdone usted. Ya van a cerrar, ya casi dan las siete y se tiene que encontrar con Lupe —interrumpió el chofer.

—Sí, ya voy. Espérame en la entrada, por favor.

—Como usted mande, señora.

—Fuego y vida —repitió Ana apretándose el vientre con ganas de vomitar hasta sus vísceras.

Aunque lejos, la nariz del chofer que parecía un perro alcanzaba a olfatear la angustia de la muchacha.

Llegada la hora acordada, Lupe y Ana se encontraron. Caminaron sin hablar hacia la cenaduría del pueblo. Pidieron dos cafés y unas tostadas de pollo previamente supervisadas por el nutriólogo.

—Ya me has contado de tu infancia. Esa parte me queda más o menos clara, aun así tengo muchas preguntas.

—¿Cuáles?

—¿Tus padres?, ¿quiénes son ellos?, ¿por qué no hablas de tu padre?, ¿en dónde está tu mamá?

Lupe le dio un sorbo al café de olla con canela y, sin mirar a Ana, le dijo:

—Esas son cosas que prefiero no contar.

—Lupe, tienes que acostumbrarte a estas preguntas. Los documentalistas te las harán.

Él se quedó callado. Para Ana era muy difícil esculcar en esa personalidad cerrada y fría como una tumba.

—Yo nací cuando don Aníbal me conoció.

—Bien, podemos hacer algo con ese argumento. Seguimos. Tu hermana, sé que tienes una buena relación con ella.

—La tenía, hasta que se fue con el músico ese. Seguro te sabes la historia.

—Más o menos. Algo me contó Aníbal ¿Y ahora cómo te llevas con ella?

—Todo bien. Casi no le hablo. Está en el departamento donde vivíamos antes y como no sabe hacer otra cosa que no sean pendejadas, yo la mantengo. A veces, cuando ya no aguanto las broncas de mi casa, me voy con ella, me ayuda y cuida de mi hija.

—Te dolió mucho que se fuera con el músico, ¿verdad?

—No tanto que me doliera, me decepcionó. Creer en un hombre así, sin conocerlo luego de lo que le pasó. No aprendió nada. Me dejó valiéndole madres todo lo que hice por ella.

—¿Y qué es lo que le pasó a tu hermana?

Sintió que había hablado de más. Alzó la mirada y respiró demostrando su incomodidad. Ana entendió que tenía que dejar de preguntar.

—Yo no sé si sea buena idea eso del documental.

—Ya lo hablamos. Es importante y lo será para los aficionados —dijo tratando de plantear sus argumentos con delicadeza.

Lupe bufó.

—Oh, que la chingada. Bien, la historia del bolerito está chingona y es verdad. Luego, de mi papá puedo decir que se fue a Estados Unidos y ya no regresó. Eso es verdad también. De mi mamá no sé nada, ella no estaba en casa cuando me fui con Diana. La cuenta, por favor. ¿Qué más? ¡Ah! como sabes, tengo una mujer. La conocí en mis primeras funciones de boxeo, ella era la edecán que anunciaba los rounds, con ella tengo una hija, Teresita, a la que quiero mucho aunque casi no la puedo ver por los entrenamientos y el trabajo. Lo demás tú lo has visto y lo sabes, así que nomás dime lo que tengo que decir y ya. No quiero ser grosero pero me tengo que ir, nos vemos mañana.

Ana se quedó en la mesa con más preguntas que respuestas. Ordenó otro café y le pidió al chofer que le hiciera compañía. Quizás él tendría más información, algo que le ayudara a descifrar al personaje misterioso que la intrigaba más allá del dichoso documental.

—¿Cómo va el proyecto, señora?

—Bien. El problema es que Lupe casi no habla.

—Siempre ha sido callado, desde chamaco.

—¿Entonces tú lo conoces desde que…?

—Pues claro, desde que el señor lo encontró boleando zapatos en las calles, le habrá boleado los zapatos a él, le habrá contado que peleaba en los torneos de barrios y ya sabe, don Aníbal siempre quiso ser boxeador, se identificó con el chamaco y como que lo adoptó.

—Oiga, ¿y su mamá?

—Es alcohólica, la señora. Por lo que sé, no hacía más que chupar desde que el papá los abandonó para irse a Estados Unidos. Creo que ni cuenta se dio cuando la muchacha y Lupe dejaron la casa, ahí quién sabe, son suposiciones mías.

—Bueno, vámonos que ya está oscureciendo mucho.

50

Hallan mujer que llevaba dos meses muerta en su casa

Tijuana, B. C. Una mujer de cuarenta y cuatro años fue encontrada muerta al interior de su casa en la colonia El Niño. El fallecimiento habría ocurrido hace poco más de una semana.

El aviso fue dado por los vecinos, que se percataron del fuerte olor que emanaba de la vivienda marcada con el número 72.

Personal del Servicio Forense llegó hasta el lugar. Al ingresar a la vivienda fue hallado sobre el sofá el cuerpo sin vida de la mujer en estado de putrefacción.

La mujer sufría de diabetes y alcoholismo. Los vecinos de la zona relataron que se encontraba deprimida por el abandono de sus familiares, de quienes no quisieron dar referencias, por lo que no se descarta que se haya suicidado.

51

Aunque muy ocupado en sus negocios, Aníbal llamaba a Ana todas las noches para saber cómo estaba y también para preguntarle sobre los entrenamientos.

—Bien, ha venido mucha prensa, mi amor. Y ya vinieron a hacer las primeras tomas.

—Me da gusto escuchar eso, cariño. Gracias por estar tan pendiente de mi hijo.

—De tu hijo, Aníbal, sí —repitió Ana desde su habitación de un motel, el único lugar decoroso para hospedarse en Temoaya.

—¿No será que estás celosa de él?

—Ay, por amor de Dios. Claro que no. Me causa gracia que le digas hijo, me haces sentir vieja.

—Sos una madrastra preciosa. Es buena práctica para cuando tengamos los nuestros. Por cierto, sobre lo que te pregunté antes, ¿qué has pensado, Ana?

—Es muy pronto. Tenemos muchos compromisos por delante, creo que no es el momento de fijar la fecha, ¿me comprendes?

—Sí, sí. Sólo espero que no tardemos tanto, me muero por tener un hijo con vos, hermosa.

—Dejemos de hablar del asunto por un ratito, te lo ruego —respondió con una carcajadita incómoda—. Estoy muy estresada con todo el trabajo que tengo encima.

—Mañana nos hablamos. Que descanses. Te amo.

—Sí… te amo.

Cuando colgó el teléfono sintió como si una tarántula le caminara por la espalda. Ya no era necesario hacerse una prueba de embarazo. Tenía un retraso de casi tres meses. Le pasó por la mente aprovechar la lejanía para ir a la Ciudad de México a practicarse un aborto, pero ¿qué iba a hacer con el chofer que parecía un perro? "Ay, Ana. Tú solita te viniste a meter a la cueva del lobo. No mames, no te rías. Pinches ironías: la cueva del lobo. A buena hora se te vino a ocurrir eso de tomarte un tiempo fuera. Eres como el condenado frente al paredón que pide, como última voluntad, fumarse un cigarrito, y lo inhala y exhala tomándose su tiempo. La brasa se consume, Ana. Al final siempre se consume".

—Leí que este lugar fue inaugurado en los años ochenta, y que fue edificado como lo hicieron los otomís ancestrales. El dieciocho de marzo celebran una ceremonia dedicada al Quinto Sol y el segundo domingo de cada mes invocan a los cuatro puntos cardinales y dan gracias al universo —le contaba Ana a Lupe mientras paseaban en el centro ceremonial.

—Ah.

—Es un lugar precioso, me parece. Mira, esa escultura está inspirada en el guerrero otomí Botzanga. Se dice que peleó contra el emperador azteca Axayácatl. Es un personaje muy honrado.

—No, pus no sé de qué chingados me estás hablando —ignoró.

—¡Ay, Lupe! Hay vida más allá de los golpes, ¿no te gustaría aprender de historia, literatura, artes?

Él negó con la cabeza y elevó los brazos en señal de desinterés.

—También me gustan las viejas que están bien buenas y ver películas de acción, ¿eso no cuenta o qué?

—¡Lupe! —echó a reir—. No, eso no cuenta. Hay cosas más profundas. Por ejemplo, lo bonito del arte es que traspasa los sentidos, cuando logras apreciarlo te enamoras de él y, cuando menos te das cuenta, te apartas de las banalidades. ¿Por qué te me quedas viendo así? Te estoy aburriendo. Está bien, me callo.

Continuaron caminando. En el fondo le gustaba cómo hablaba y el brillo de sus ojos que se abrían más cuando platicaba de esas cosas. "Qué rabia no poderle decir que tiene unos ojos muy bonitos", pensaba cuando conversaba de sus temas y ella misma se respondía.

—¿A cuántos metros de altura estamos?

—Tres mil doscientos, me dijo Sergio.

—Con razón me fatigo más.

—Deberías ir a correr con nosotros, para que bajes esa panza.

Le dio un manotazo juguetón a Lupe que le palmó el vientre y rieron más que por diversión, por nervios, por el corazón latiendo agitado, por el atrevido contacto en una zona impropia, por la confianza, la comodidad, la complicidad nacida en una risa desenfadada que nadie había visto en el boxeador.

—Ana, con todo respeto. Ya llevas un mes en el campamento, y...

—¡Ah, ya quieres que me vaya!

—No, no. Al contrario.

—Todavía faltan un par de entrevistas. Los documentalistas me comentaron que quieren repetir la de tu infancia porque sienten que no te abres. Mañana y todo el fin de semana estarán los periodistas. Luego vienen los del patrocinio y hay muchas cosas que tenemos que revisar. Como ves, tengo que estar aquí.

Ana se tambaleó cuando estaban en la cima del cerro de la Catedral. Recordó esa artimaña de una película en la que una mujer italiana era escoltada por toda su familia cuando salía con su pretendiente y quería ser tocada por él.

—¿Te sientes bien?

—Es la altura.

—Ven, agárrate de mi brazo, vamos a regresar.

—¿Se siente bien la señora? —interrumpió el chofer que parecía un perro.

—Sí, no te preocupes, como dice Lupe, fue el efecto de la altura.

El chofer también sostuvo a Ana y volvieron al motel, contemplados por los pinos y los encinos.

Por poco y Ana no se aguantaba las ganas de vomitar.

52

Durán: "Verán una gran pelea"

Los Ángeles, Cal. A pocos días de disfrutar la pelea entre Wilfredo Durán y el mexicano Lupe *el Lobo* Quezada, el panameño agradeció a su equipo y sus fans por el apoyo que le han mostrado. Asegura que tanto él como Lupe Quezada están bien preparados, pero que será él quien triunfe en la función que se celebrará en poco menos de un mes: "saldré con mi título intacto y con el del mexicano, también", declaró.

El panameño de treinta años, invicto hasta hoy (24-0-0,19 ko) confía en que la afición verá una gran pelea, pues su contrincante ha demostrado ser poseedor de un estilo mexicano "casi perfecto": "va hacia adelante, pega durísimo y es extremadamente rápido. Yo lo respeto mucho".

Por su parte, su entrenador Pancho Silverstein, toda una leyenda en el mundo del pugilismo, atacó al mexicano sosteniendo que su exceso de confianza lo ha llevado a ser entrenado por un inexperto y casi desconocido Sergio García, lo que jugará en su contra cuando se encuentre en el cuadrilátero.

El pugilista mexicano, quien está por terminar su campamento en Temoaya, Estado de México, declaró: "nunca me ha gustado hablar de más, yo lo que tenga que demostrar, lo haré en el ring. Voy a ganar y le daré a mi país una noche inolvidable".

Aníbal leía las notas periodísticas mientras esperaba, sentado en su sofá de piel de cebra, el reportaje televisivo que anunciaba a Lupe *el Lobo* Quezada como el nuevo ídolo mexicano. Cómo le hubiera gustado acompañarlo durante la entrevista, pero el maldito trabajo no lo dejaba en paz. Tuvo que desaparecer por un rato mientras la zona estaba caliente. "Quizás un día deje atrás todo esto y me dedique únicamente a Lupe y su carrera", anhelaba a sabiendas de que todo el que entraba a su mundo, difícilmente jamás podría dejarlo. Se acomodó en su asiento, se sirvió una copa de vino argentino y le pidió a la empleada doméstica un plato con quesos y jamones. La primera parte del documental estaba por comenzar. Se le llenaron los ojos de lágrimas cuando vio la figura de Lupe entre las sombras golpeando el costal, la música era soberbia, un tamborazo por cada golpe y luego, el cambio de ritmo mostraba a Lupe corriendo por el cerro de la Catedral. "Un chico como millones que viven en las zonas marginadas de México, pero con un talento especial y una pegada brutal: es Lupe Quezada, el nuevo ídolo del boxeo mexicano, que está destacando por su forma de acabar los combates. Lupe *el Lobo* se aleja de la manada. Tiene que concentrarse en su primera defensa contra el campeón panameño Wilfredo Durán… ¿cómo empezó esta historia? ¿Cuáles son los orígenes de este fantástico pugilista? Todo empezó en Tijuana…".

Las imágenes extasiaban a Aníbal, que ya lloraba como si estuviera viendo el nacimiento de su hijo. Acariciaba cada imagen con los ojos: "mi obra", pensaba mientras le aplaudía durante la repetición de la pelea contra Óscar *la Sombra* Jiménez. Era magnífico apreciar sus músculos tensos y fibrosos tambalearse en la cámara lenta. Se deleitaba admirando la figura de Lupe revestida con su calzoncillo abarrotado de logotipos de patrocinadores con los nombres de Aníbal y Teresita en los costados izquierdo y derecho. "Mi Lupe. Tanto que me costó irlo formando, hacer el camino, abrirlo entre la mafia de mierda que me creía un loco, ¿y ahora qué?, ¿qué pensás?, ¿qué pensarán don Checo y el hijo de puta de don José? Que se vayan a la mierda. Lupe y yo seremos los reyes de Las Vegas, los que dicten la agenda, los favorecidos por las apuestas, los amos y señores de un deporte que es más que eso. Seremos los vencedores en una batalla que fue de caballeros, luego de nenas de cara bonita y que ahora, gracias a nosotros, es del Lobo. Nosotros salvamos al boxeo de la caída en picada a la que iba sin freno".

53

EL TIEMPO TRANSCURRÍA EN TEMOAYA sin grandes diferencias entre una jornada y otra. Ana seguía indagando en la vida de Lupe con mucho interés, tanto, que a veces olvidaba que los documentalistas ya habían concluido las grabaciones.

—Me dijiste que tienes esposa.

—No, no es mi esposa. Se llama Celeste, o Susana, pero yo le sigo diciendo Celeste.

—Casi no hablas de ella… ¿Celeste o Susana?, ¿qué, tienes dos mujeres?

—No, ni lo mande Dios. Lo que pasa es que la conocí en un lugar que, no, ya lo pensé bien, olvídalo.

—¡Cuéntame! Me interesa.

—No seas curiosa. Está bueno, ahí te va. La conocí en un putero, el Lola. Yo tenía casi quince años y ella era un poco más grande, creo que tenía unos veinte. Era bailarina y también edecán en las peleas de boxeo, me contó Aníbal. Perdona, ya lo eché de cabeza.

—Ni te preocupes, como si no supiera que va a esos lugares. Sigue.

—Resultó que vivía en el mismo edificio en el que don Aníbal tenía un departamento que luego me prestó para que viviera ahí con mi hermana. Celeste era mi vecina, teníamos nuestros encuentros, tú me entiendes, y se embarazó antes de mi primera pelea profesional… y pues…

—Claro que entiendo —interrumpió Ana—, ¿y no la amas? Lupe negó con la cabeza. Entonces, ¿por qué sigues viviendo con ella?

—Si ella es la que vive conmigo. A mí me da igual, ya le he dicho que se vaya, que le doy su lana para que se acomode en otro lado y no quiere.

—Quizás, muy dentro de ti, sí la quieres.

—No, neta que no.

—Entonces no le hagas daño. La indiferencia de por sí duele mucho.

—Es bien fácil lastimar a los demás, ¿no?

—Sí, parece que estamos más cerca del mal que del bien.

—Contigo no me siento cerca del mal.

—Es que soy tu madrastra. Conmigo te tienes que comportar —le dijo jalándole la oreja.

—¡Mira nomás! Jamás tuve una mamá, pero con la madrastra me rayé.

—Payaso. No, ya en serio, gracias por confiar en mí, Lupe.

—Gracias a ti. Es bien chingón platicar contigo.

Faltaba poco para terminar el campamento. Se fue haciendo costumbre que dieran largos paseos en los que Lupe le contaba más detalles de su vida. Estaba feliz y confiado al lado de la muchacha desaliñada con ínfulas de intelectual. Junto a ella, sentía la necesidad de hablar, lo que jamás le había pasado en su vida. Sin embargo, había cosas que no era capaz de confesar. Ana le tenía paciencia. Lupe era su rompecabezas y estaba por terminarlo.

—Ya dime la verdad, ¿cómo conociste a Aníbal?

Él detuvo el paso y la miró a los ojos sin mostrar emoción alguna. Típico en él.

—Parece que tienes frío. Mira esos jorongos, escoge uno, te lo invito.

—Lupe…

—Ándale, este está fregón.

Le ayudó a ponerse el jorongo blanco de figuras de colores, pagó y siguieron caminando. Esa tarde, el chofer no los acompañaría. Ana le había dado el día libre para que visitara a su esposa.

La tarde se iba haciendo roja. La plática iba de temas relevantes a banalidades, chistes y viceversa. Ana le contó que tenía muchas ganas de vivir en la Ciudad de México. Tijuana no le gustaba y soñaba con sostenerse de su carrera y vivir en una casita en Coyoacán; pasearse por la plaza, escuchar la música del organillero, ir a la casa de Frida cada que quisiera y comerse una nieve de limón con chile.

—No es mucho —suspiró imaginándose libre—. Estaba muy chamaca cuando lo conocí, creo que tenía quince o dieciséis años. Corría el riesgo de dedicarme a andar de vaga por las calles porque estaba muy descontrolada. Mi mamá ni caso me hacía, y eso que soy hija única. Tenía otras cosas más importantes en qué gastar su tiempo: ir a salones de belleza, a reuniones con las amigas, en fin, lo que hace una divorciada joven, supongo. Yo estaba muy sola, Lupe. Pero le gusté, le gusté mucho. Aníbal se volvió mi novio, con todo y la diferencia de edad a cuestas, que no es poca. Mi mamá sacó ventaja por un rato. Él nos compró un departamento, me ayudó a terminar la preparatoria y todo a cambio de que lo dejáramos quedarse a dormir algunas noches, ¡cómo no iba ella a dejarlo! Te confieso que le cogí rabia a mi mamá que por fin me hacía caso, a Aníbal no. Luego enderecé el camino y me fui a estudiar a San Diego, ¿ves? Me dejé comprar. Él no ha sido malo conmigo, por el contrario. Es como mi papá: me procura, me cuida, me da todo lo que quiero, invierte mucho para que yo sea feliz, y fíjate cómo soy de ingrata. Cualquiera preguntaría que qué más quiero, y no es que quiera más, en realidad quiero menos.

—Una casita en Coyoacán.

—A estas alturas, una casita en cualquier parte —le dijo mostrándole el anillo de compromiso.

—¿Cuándo es el bodorrio?

—Pronto.

—Quita esa cara. Mi jefe es bueno y te quiere bien.

—¿Lo crees? ¿En verdad lo crees?

—¡A huevo que sí! ¡Ya sé lo que necesitas! Aprovechamos que no traemos chaperones y organizamos tu despedida de soltera. Vamos por unos tragos.

—No me digas, si tú no tomas otra cosa que agua mineral.

—Y tú no tomas otra pendejada que no sea esa madre que parece licuado de chocolate con alcohol.

—Baileys, Lupe —lo corrigió riéndose.

—Pues esa madre. Vamos a la cantina de allá. Que esta noche, nuestras penas vayan y chinguen a su madre.

La tarde se tornaba púrpura.

Los mezcales se mezclaron con el bullicio de los presentes que reconocieron al campeón del mundo. Nadie tomó a mal que pidiera un mezcal, al contrario, fue grato verlo rodeado de su afición que a gusto coreaba "El corrido del

Lobo". Ana le aplaudía. Así, cantando y riendo no le parecía tan feo. Pidió un caballito y otro más. Qué rico mareo. Hasta las náuseas le sabían a gloria. Sonaron las cumbias. Ana se subió a la mesa y Lupe la alcanzó arriba. A ella le gustó tocar su espalda y a él su cintura blanda. Algarabía. Que no se diga que al campeón ya se le subieron los humos, échese otro trago y otra rola…

¡Otra! ¡Otra!

La inevitable sesión de fotos y autógrafos sirvió para que ella recuperara el aliento. Adentro, hacía mucho calor.

"Gracias por venir", "aquí tiene su casa, campeón"…

Salieron de la cantina cuando el cielo ya era negro. Las risas, que seguían siendo muchas, se fueron haciendo lejanas. El sudor les enfrió el cuerpo, entonces Lupe la rodeó con sus brazos para contrarrestarlo. Silencio repentino. Sus ojos se encontraron zurciendo una historia que ya había comenzado, la historia de dos pájaros enjaulados, hostigados de tanto comer alpiste.

¿Cuánto tiempo se necesita para cambiar el rumbo?

¿Cuánto para dar un volantazo?

¿Cuánto para frenar?

El miedo ya los excitaba. Apresuraron el paso. Lupe la condujo a su habitación y ella no hizo nada para evitarlo. El instinto no lo alertó, estaba adormilado, en las nubes. Eran como dos niños traviesos huyendo de la mirada de sus padres. Así se habría sentido Adán y Eva tratando de ocultarse de Dios. Ana se quitó el jorongo y ante la mirada impávida de Lupe, también se desabotonó la blusa. Él se despojó de su chaqueta y se abalanzó a sus labios. Su barba raspaba el cuello de Ana, quien se sentía como un lince a punto de ser devorado por un león, ya sin voluntad, totalmente a merced del animal más fuerte. Ambos, en silencio, se arrojaron a la cama y ella apagó la luz ansiosa por sentir por primera vez lo que era un orgasmo.

Fue como subir al cerro corriendo y dejarse caer al vacío desde la cima. El descenso no fue libre porque Ana tenía alas. Planeaba con soltura al igual que los pájaros cuando saben que no hay depredadores a la vista. Luego, volvió a escalar y a descender, cada vez con menos altura. Por fin, llegó el agotamiento acompañado del hastío. Se le habían cansado las alas de tanto volar fuera de su jaula.

Como era su costumbre, Lupe se quedó dormido casi inmediatamente después de la faena. Ella no hubiera podido caer rendida tan fácilmente. Se levantó con cuidado y, frente al espejo del baño, cayó en la cuenta de que aquel placer fugaz bien valía su vida entera. Que me aproveche, pensó sonriendo con la satisfacción del que ha cumplido con una importante encomienda y volvió al lado de Lupe, con quien se quedó hasta las cinco de la mañana.

—Psst, psst… —susurró.

Él despertó. Antes de abrir los ojos, sonrió al sentirla cerca. La tomó por la cintura y le dio un beso.

—Ya son las cinco. Me tengo que ir y tú tienes que levantarte.

—Quédate otro ratito, ven aquí.

Los brazos que ella sólo había visto trabajar en el cuadrilátero, la sometieron con tierna firmeza.

—No, ya me voy. Escúchame bien, tenemos que ser muy cuidadosos. Vamos a ser honestos, los dos sabemos quién es Aníbal y esto no va a poder ser. Esto no se puede volver a repetir, ¿entiendes?

Él se puso serio y agachó la mirada como un perrito regañado, claro que lo entendía; sin embargo, no quería que se acabara el momento que, por primera vez, le había hecho sentir cosas tan distintas. Le agarró las manos y las besó antes de levantarse a tomar una ducha.

Con mucha cautela, ella se vistió, se lavó la cara y tomó su bolso. La mañana lucía anaranjada y fría. Al salir, cerró la puerta.

La vida puede cambiar en un instante. Basta un parpadeo para que el conductor de un carro se estrelle contra otro, un segundo para que una madre pierda de vista a su criatura, un descuido para que el sicario extravíe la puntería.

Ana se dio vuelta y frente a ella, el chofer que parecía un perro, la miraba con ojos de piedra. No supo qué hacer ni qué decirle al hombre que parecía saberlo todo. "Buenos días, señora", le dijo y se alejó apresurando el paso. Se sintió mareada. Los pasillos eran laberintos. El corazón le latía con fuerza. Caminó hacia su habitación cayendo en la cuenta de que andaba contrarreloj. Bastó un movimiento en falso, sólo uno para darle en la madre a todo su dichoso plan. Entró a su recámara y de su bolso de mano, que estaba en la gaveta, sacó un fajo de dinero en efectivo. No estaba pensando con claridad. El maldito miedo se le aparecía de nuevo para provocarle el vómito. Las manos le temblaban. No había tiempo que perder.

Un instante para dar el volantazo y estrellarse con la realidad.

Dejó las cosas como estaban, tomó lo indispensable y salió a hurtadillas esperando que el chofer no la hubiera visto salir de nuevo. "Cómo no me va a ver si tiene ojos en todas partes". Se acercó a la habitación de Lupe y alcanzó a escuchar la voz de Sergio. Tocó y entró apresurada.

—Qué pasó, Ana —dijo intentando guardar las apariencias frente a Sergio.

—Nos vio, Lupe, el chofer.

¡Chingada madre! Era de no creerse. También a él lo estaba paralizando el susto. Miró furioso a Ana. Esa furia duró menos de un segundo. No, no podía odiarla. "¡Pinches viejas!, siempre nos condenan", se quejó sin hablar. Pensó en Aníbal, en sus abrazos, en sus aplausos, en lo que había hecho por él. Todo se le agolpó en la cabeza, como el que ve pasar su vida antes de morirse. "Eres un pendejo", le recriminó el instinto que sufría de resaca.

—Tengo que desaparecerme, es lo mejor para todos.

—No, yo hablaré con él…

—¡Lupe, no mames!, sabemos quién es Aníbal. Tú lo sabes muy bien —lloró—. Estoy condenada. Si no estoy, será más fácil que te la perdone. Dile que yo te provoqué, no sé, lo que quieras, pero sálvate y prométeme que te veré ganar la pelea.

—No sé ni qué decir, no sé qué… —lo traicionó su instinto que sentía que se ahogaba.

—De todas sus creaciones, tú eres a la que más cariño le tiene.

—Podemos decirle que no pasó nada. Que ha sido una equivocación y…

Ana interrumpió negando con la cabeza subrayando lo absurdo de esa idea.

—No va a funcionar, Lupe. Adiós.

Huyó de la recámara ante los ojos impávidos de Sergio que no podía creer lo que estaba pasando frente a él. Lupe, como un perrito esperando el regreso de su dueño, miró la puerta. Las lágrimas le mojaron las mejillas y Sergio, temeroso de decir una palabra equivocada, únicamente le dio un abrazo.

—Soy un pendejo, Sergio. Soy un pendejo…

—Si uno supiera lo que va a venir, evitaríamos muchas desgracias —atinó a decirle sin saber qué agregar.

—Es que tuve que haberlo visto venir. Desde que la conocí me gustó. No sé cómo cabrones acepté que viniera al campamento.

—Lupe, ¿qué vamos a hacer?

—Voy a hablar con el chofer. Me conoce de hace años, quizá me guarda algo de estima.

—Nomás ten cuidado.

—Antes de que se me olvide, quiero pedirte algo. Busca una casita en Coyoacán y la compras. Ponla a tu nombre, no hay pedo. Es para Ana.

—Yo lo hago, mi hermano. No te preocupes —respondió como si le hablara a un moribundo.

Salió a buscarlo. Ya no lo encontró. La camioneta no estaba en el estacionamiento ni tampoco sus cosas en la habitación. Era preciso volver a Tijuana y encontrarse con Aníbal, explicarle en persona, tratar de hacerlo razonar con claridad. ¿Cómo pude hacerle esto a mi padre?, se reprochaba. "Las mujeres, malditas, todas ellas vienen y te provocan desgracias. Tu mamá, tu hermana, Celeste, y ahora Ana. Te pegó cabrón. Sin embargo, yo sé que lo que más te pegó fue haber sido capaz de traicionarlo a él. No se lo merecía", le susurró el instinto que no atinaba sino a echarle la culpa a Ana. "Tú eres hombre, ella te provocó. Aníbal lo va a entender. Viejas hay muchas, uno como tú es irrepetible".

54

ANTES DE LO PLANEADO, VOLVIÓ A TIJUANA para encarar como hombre el vergonzoso problema. La llegada al aeropuerto sacudió a Lupe, que estuvo a punto de desmayarse cuando vio al Morocho en la sala de espera. Para su sorpresa, este lo recibió con una amplia sonrisa.

—¡Lupe, hijo!, ¿cómo estás?

—Tengo que hablar con usted. Es importante.

—Dale, tranquilo. Que se lleven tus valijas a tu camioneta y vos, vení conmigo. Mirá, guacho, qué facha, estás pálido. Nosotros nos vamos en la mía. Luego hablamos de lo que quieras, ya habrá tiempo. Decime, ¿qué tal el campamento? Me hubiera gustado ir, che. Aquí las cosas han estado calientes, no tenés idea.

—Necesito hablar con usted, por favor.

—Ya habrá tiempo. No pasa nada. Yo estoy bien, ¿no me ves bien? Vamos a comer. Tengo mucha hambre. Abrieron un restaurante de cortes argentinos que tenés que conocer, loco.

—¿Pero entonces usted ya lo sabe?

—Saber qué, hijo.

—Lo de Ana.

El Morocho, que ocupaba el lugar del copiloto, soltó una carcajada que parecía provenir del averno y sostuvo el muslo de Lupe, que iba sentado en el asiento trasero.

—Si todas son iguales.

Le hubiera gustado tener el valor de decirle: a ella no le diga así. Ella no es como todas, mida sus palabras. No lo tuvo más que para tragar saliva y, dentro de su cobardía, sentirse aliviado, porque su vida parecía no correr peligro.

—¿Y qué va a pasar con ella?

—¿Te interesa?

—No, no… pura curiosidad.

—Vamos, que tenemos asuntos más importantes qué atender.

55

Tras hablar con un par de patrocinadores y con el representante de Wilfredo Durán, Lupe y Aníbal fueron a una firma de autógrafos y a dos programas de televisión para platicar de la función que estaba por suceder. Los reflectores y las cámaras hicieron que Lupe se olvidara de Ana por momentos y eso le sentaba bien. "Eres un ídolo, ya déjate de chingaderas. Él tiene razón, todas son iguales".

Los compromisos concluyeron con una cena junto a don Checo Leimann, empresarios y políticos de Tijuana que no se cansaban de adular al nuevo ídolo. Aplaudían sus victorias y se alistaban para ver la próxima. "Eres un fenómeno, muchacho", repetía uno de los presentes, que no dejaba de observarlo como si fuera una deidad. Se acordó entonces de Ana y el cuento del guerrero otomí que se había enfrentado al emperador azteca y suspiró jugando con la copa, servida para él, con agua mineral. Aníbal lo miró de reojo sin dejar de compartir risas y tragos con los demás hasta llegada la madrugada.

"Hay cosas que son como son y no hay manera de cambiarlas, che. Das la vida por alguien y ese alguien te la quita de a tiro sin previo aviso. Uno piensa que todos son leales, que la brutalidad y la maldad quedan fuera de la manada, y no. Pura mierda, la vida, Lupe, pura mierda. No, con vos no es la cosa. Vos tenés algo más importante en qué pensar. Vos naciste para cosas más grandes que pasar la vida mortificándote por una puta, che, una puta, ¿sabes todo lo que yo hice por ella? ¿Te lo dijo? La rescaté, la saqué de la pobreza, como a vos, y como a vos la quise mucho. Y mirá que hembras buenas tuve y bastante, lo sabes, pero ella… ella tenía algo que me recordaba que el amor limpio existe, y me enamoré, qué jodida forma de enamorarme de la piba. Iba a verla a cada rato, la llevaba a los museos y cuando viajábamos nada de ir a centros comerciales, puras librerías, era aburrido, che, pero cuando veía sus ojos iluminados revisando un estante y el otro, descubriendo títulos de arte, de historia y todas esas cagadas, yo era feliz como ella. Loca de mierda, loca… si con vos lo hizo, ¿con cuántos más no? Y yo que quería hacerla mi mujer. Hubiera sido más fácil enamorarme de una pendeja como Celeste, como esas que se conforman con comprar ropa y exhibir su cuerpo reconstruido. Al menos con esas sabés lo que te espera y ya está. Mi mamá me aconsejó que me buscara una mujer como ella, ni muy bonita, ni muy inteligente, y me cantaba así: "cuando apenas era un jovencito mi mamá me decía cuidadito si un amor tratas de encontrar…". Le fallé, Lupe. Le fallé.

Después del monólogo, se quedó dormido de borracho. Lupe, que lo había llevado a la habitación del mismo hotel donde se efectuó la tertulia, lo miraba pensando en lo sencillo que sería matarlo y así acabar de una con el peligro que corría Ana. Entonces, se encontrarían y se irían a vivir a Coyoacán. Aníbal estaba sedado por el alcohol y la marihuana. Una almohada y listo, los dos serían libres. "Pide perdón. Te ha perdonado la vida de nuevo. No lo defraudes, deja de hacer mamadas. Haz lo que te toca: pelea y calla". Lupe estaba confundido, ya no sabía a quién escuchar, si al instinto o a la conciencia.

56

UN DÍA ANTES DE TOMAR EL AVIÓN hacia Las Vegas, recibió la llamada de Sergio: había comprado la casa: "costó un chingo encontrarla, pero ya está mi hermano, a mi nombre, como me lo pediste. Nos vemos en el MGM mañana antes del pesaje". Lupe le agradeció. Estuvo tentado a buscar a Ana, quien no daba señales de vida desde que se despidió en Temoaya. "Serás imbécil, deja que pase más tiempo", reflexionó sacudiendo la cabeza ahuyentando los malos pensamientos.

Al poco rato, Aníbal también llamó a Lupe. Le mortificó el breve lapso que había transcurrido entre una llamada y la otra. Tenía la conciencia intranquila y los nervios le comían la cabeza.

—Hijo, tengo un asunto que quiero terminar antes de que nos vayamos a Las Vegas.

—Qué asunto, si puedo preguntar.

—Uno como todos, sin gran importancia. Lo que pasa es que me trae inquieto. Nos vemos en el sótano.

Que el encuentro fuera en el sótano le devolvió un poco de la calma perdida. Seguramente se trataba de algún sicario al que habría que rematar después de sacarle la sopa, o algún enemigo de medio pelo que serviría de catarsis para el mafioso, como en muchas ocasiones. Las cosas seguían calientes en Tijuana. Menos mal, pensó Lupe que, por primera vez en muchos años, se persignó antes de ir al sótano.

Cuando Lupe llegó, el chofer que parecía un perro lo esperaba para abrirle la puerta. Su instinto se congeló, como cuando era un niño que le temía al ropavejero, cuando alcanzó a escuchar unos ladridos lejanos.

—Lupe, Lupe, escúchame, ¡perdóname carajo!… ¡Perdóname!

No le contestó. Corrió hacia el sótano y ahí estaba Ana, custodiada por dos sicarios, sentada en una silla con las manos atadas por la espalda. Vio que le hacía falta un dedo: el anular izquierdo. Su cabeza colgaba del cuello como si este fuera un retazo de trapo. Frente a ella, un lobo imponente, gris y blanco, tenía sangre en el hocico. Ya había probado la carne y quería más.

Aníbal, con los nudillos rojos, inflamados como sus ojos inyectados por las dos rayas de coca que se había metido, sostenía con dificultad al animal con una correa.

—¡Lupe, hijo! —gritó eufórico—. Mirá lo que te compré, un lobo más cabrón que vos.

—¿Qué está haciendo? Ana, Ana… contéstame —se intentó acercar a ella.

—Pero qué querés, si la perra ya no puede hablar, ¿qué esperabas?, ¿que dejara así las cosas? No seas idiota, andá, terminá el trabajo. Demostrame que lo que hiciste fue un error y ya está, nos vamos a Las Vegas: primera clase y suite de lujo. ¡Todo a tus pies, pibe, todo!

Lupe evadió al animal bravío y se inclinó para alzar el mentón de Ana, que apenas sostenía los párpados ligeramente abiertos. El animal seguía gruñendo. Sus colmillos por poco y alcanzaban a rasgar el brazo de Lupe quien se hizo a un lado avisado por el instinto.

—Yo… señor, fue mi culpa, no, ella… no… —titubeó Lupe.

—La defendés.

Hubiera sido sencillo matar al Morocho con sus puños, tal y como lo hizo con el gordo José Luis cuando tenía casi quince años. Pudo haberle dado una patiza, acabarlo, destrozarle la cabeza con la cacha de su propia pistola. Luego, desataría a Ana y la llevaría a un hospital, la cuidaría, la procuraría y después, juntos, vivirían felices para siempre.

Hubiera sido fácil hacer todo eso si no lo quisiera tanto.

Fácil, sin el lobo hambriento en medio de los dos.

Fácil, si su instinto no se hubiera apendejado.

—No la mates. Te lo ruego, padre.

—No, si la va a matar este —señaló al lobo— o la vas a matar tú, yo no. ¡Anda ya! Acabemos con toda esta mierda, tomá la pistola. Mañana será como si esta golfa jamás hubiera existido.

—No… puedo.

—¿Que no podés? ¡La concha de tu madre!, ¿y por qué no podés? —gritó eufórico Aníbal.

—No, mujeres no.

—Mujeres no, mujeres no… Si son a las primeras que tendríamos que matar. Yo la amaba, yo te amaba. Mirá todo lo que hice por ustedes, par de… Vos —dijo señalando a Ana—. Me usaste, me hiciste creer que nos casaríamos, que me darías hijos. Y vos —se dirigió a Lupe— para salir de la mierda. Ya te había perdonado una vez la vida, pero dos… dos no.

Turbado entre los gritos y los ladridos, Lupe se volvió a agachar para sostener la cabeza de la moribunda. La llamó por su nombre y no le respondió. Se atrevió a desatarle las manos ante Aníbal, que se sentía más que lastimado, ofendido.

Uno de los sicarios dirigió su mirada al Morocho, preguntándole con un gesto qué procedía. Este ordenó esperar.

—Hey, escúchame.

—Sí… —respondió con un soplo de poca vida.

—Ya tienes tu casita en Coyoacán. Allá te irás a descansar —susurró para que nadie más lo escuchara.

Ella sonrió con la suavidad de una llama a la que se le está a punto de soplar. El animal seguía gruñendo. Por un instante, Lupe se cruzó con su mirada. "Una bestia a la que no le importa matar con tal de saciarse con la sangre. Un lobo que arrancó muchas almas a puño limpio. Que ha herido de muerte a quienes más lo quieren ¿Pensaste en Diana cuando golpeabas al gordo José Luis? ¿Te acuerdas de Celeste y Teresita? ¿Y qué hay de Óscar y su madre muerta en vida? ¿Y en Aníbal cuando te cogiste a su mujer embarazada? Porque bien que sentiste su vientre duro y redondo cuando te movías sobre ella. Eres un hijo de la chingada. No, Lupe, jamás pensaste en nadie más que en ti. Te saciaste de los demás, vaciaste el instinto que ahora te habla para, como este animal, gozar con la muerte y el sufrimiento Ahora sí, Lupe, que el dolor vaya y chingue a su madre. Despídete contento que, al menos, el que te va a matar es el hombre que más te ha querido. Dale el gusto".

Detrás, Aníbal con los ojos fijos en la escena, asintió y una bala atravesó la espalda de Lupe cuando este besaba los labios de Ana. El instinto se le murió casi al instante.

El lobo se soltó atraído por el olor de los cuerpos frescos ante los ojos del Morocho, a quien ya se le estaba pasado el efecto de la cocaína. El animal arrancaba los trozos de piel de las piernas de Lupe y mordisqueaba los miembros de Ana. Gruñía si percibía que alguien se acercaba de más.

El Morocho sintió que la cabeza le daba vueltas y la boca se le había secado. No pudo ver más.

—Pónganle la pantaloneta que usó en su última pelea y arreglen todo para que encuentren rápido su cuerpo. Llamen al comandante Aguilar —ordenó Aníbal a sus sicarios antes de hacinarse en su habitación.

57

Pasadas las doce de la noche el comandante Aguilar, jefe de sector de la Policía Municipal, solicitó el apoyo del agente del Ministerio Público, Juan Velarde.

Según su versión, un indigente que merodeaba por la colonia La Morita había encontrado una construcción en obra negra que le había parecido un buen lugar para dormir. Un hoyo que apenas se asomaba en el piso, justo debajo de una vieja alfombra cubierta de polvo y mugre, había llamado su atención. Olía mal, como a rata muerta. Del roído bolsillo de su pantalón sacó un cerillo y levantó la alfombra sin mucho cuidado. El olor se clavó en su nariz y le hizo arquearse. Cuando se asomó por el orificio que daba a un sótano, la silueta de unos cadáveres apilados hizo que el indigente lanzara el cerillo y profiriera un estruendoso gemido que provocó que más de un vecino se asomara por la ventana. Los curiosos comenzaron a acercarse sin cautela; uno de ellos llamó a la policía.

Velarde arribó al lugar de los hechos.

En la fosa había cinco cuerpos, tres de ellos en estado de descomposición. Había también algunos fragmentos de osamentas, ropas desgarradas, sangre seca en las paredes y un fétido tufo que más que asco, daba terror.

Un aire húmedo y repugnante se encerraba entre las paredes tibias.

Los cuerpos amontonados en una esquina estaban hinchados y amoratados. "Este tiene el tiro de gracia", observó Juan Velarde, "estos tres de aquí ya tienen meses. Estos dos apenas tendrán algunas horas", analizó a tientas.

El jefe de la policía le dio al agente algo que había encontrado en el piso: una esclava que tenía grabada la figura de un lobo en oro y diamantes hacía presente en la escena al campeón mundial de box, Guadalupe *el Lobo* Quezada.

—Dice Lobo Quezada —sentenció Velarde.

Observó detenidamente la peculiar esclava de oro sin poder hacer más que cavilar cómo había llegado hasta allí: "víctima, victimario o ambos", pensaba cuando se percató de que uno de los cuerpos tenía una venda en el tobillo y una pantaloneta de satín rojo que brillaba aún más con la luz de las linternas. Luego, alumbró el rostro del cadáver y, trastabillando, aquel hombre acostumbrado a mirar las más escalofriantes imágenes, sólo pudo decir dos palabras que hace mucho no pronunciaba: "Dios mío".

—Hay que sacarlos con discreción. Que nadie vea que se trata del campeón —pidió Aguilar y Velarde asintió. La información lo superaba.

Cuando los cadáveres fueron levantados, Aguilar llamó al chofer que parecía un perro para anunciarle que ya estaban siendo trasladados a la morgue.

Velarde se quedó un rato contemplando la joya con el nombre de Guadalupe *el Lobo* Quezada, cavilando en todo lo que estaba por venir. El ídolo del boxeo, el campeón del mundo, sin duda había sido asesinado por la mafia de Tijuana. Habían muchas preguntas en el aire, una de ellas provenía de un secreto a voces: que había boxeadores vinculados con el narco. "Me vendrán a buscar pronto", predijo el agente. Y así fue.

58

Tendría que haberlo visto, Señor. Si me lo hubieran ido a contar, así como yo se lo estoy contando a usted, estoy seguro de que tampoco lo habría creído. Era como si se le hubiera metido el demonio a mi patrón. Cuando le llamé para informarle de lo que vi, porque... pues esa es la lealtad, ¿o qué no?, me pidió que se lo repitiera en persona. Me lancé a Tijuana y se lo conté de nuevo, con pelos y señas, como él quería. Por un momento no tuvo idea de qué hacer. Daba vueltas como animal de zoológico, aventaba una que otra cosa al piso y luego, por Diosito santo, se echó a reír a carcajadas. "Soy un pelotudo de mierda, ¿cómo iba a creer eso de que ella me amaba en serio? ¿Ya me viste la panza? ¿Y las canas? Soy un viejo choto". A mí me daban ganas de contestarle que eso no le daba derecho a la pinche vieja de haber hecho sus chingaderas. A mí siempre me cayó mal, no le voy a venir con cuentos. Como que olfateaba sus evasivas; pensé que un día se pelaría con todo lo que ya le había sacado al jefe.

Lo que más le dolió fue Lupe, Señor. Se la pasó llorando y hablando de lo mucho que le hubiera gustado que fuera su hijo de sangre y maldijo a Ana no sé cuántas veces. "Para un lobo cabrón siempre hay otro más cabrón", dijo de pronto y sin decir agua va, se fue en su camioneta sin mí. Me advirtió que no lo siguiera.

Me quedé ahí, congelado, esperando alguna orden. Me asusté muy cabrón. Calculo que habrá pasado un día cuando me llamó uno de los muchachos y me informó que el encuentro sería en el sótano. Llegué y vi que tenían a alguien encapuchado, por un momento creí que se trataba de Lupe, pero descansé cuando me di cuenta que se trataba de Ana.

Don Aníbal llegó con un animal que parecía tener rabia. Primero pensé que era un perro y ¡madres! Era un lobo. No me atreví a quedarme, había gruñidos y muchos gritos, unos de dolor, otros de euforia. Me fui a la sala ahora sí con la conciencia bien manchada. No es lo mismo darle un tiro a alguien y se acabó, a caer en el sótano de don Aníbal. Aquí entre nos, me parece que ella estaba embarazada. Cuando pensé en eso sí me remordió bien cabrón. Como verá, no tengo opción, me voy a ir directito al infierno.

Después llegó Lupe. Bajó en chinga. Estuve tentado a decirle que se pelara, que ni se le ocurriera bajar al sótano y no lo hice por pinche lealtad al jefe. Nomás alcancé a pedirle perdón a lo pendejo. Luego, pasó lo que usted ya sabe.

Si estoy aquí, Señor, es porque don Aníbal está muy afectado. Vive de puro milagro y coca. Necesita irse de aquí, olvidar".

—Pobre Morochito.

—Sabe que él es de ley. A usted le ha servido como un sacerdote a Dios.

—De eso no tengo dudas.

—Lo va a llamar, sé que lo hará. Convénzalo de que se vaya. Es lo mejor para él.

—Tiempo al tiempo. Lo que sí quiero es que resuelvan bien lo de la historia de la muerte de Lupe. Eso de dejarlo en una casa abandonada con su pantaloneta de boxeador fue una tremenda pendejada. Ya nomás faltaba que le colgaran un cartel, no chinguen.

—Fue idea de Aguilar. Creo que nadie estaba pensando con claridad. Sin el patrón somos una bola de pendejos.

—No, pendejo no eres. Vayan a la morgue. Yo te iré diciendo lo que vamos a hacer.

59

—¿Agente Juan Velarde?

—A sus órdenes.

—Soy Sergio García, fui entrenador de Lupe Quezada. La señora aquí presente es su viuda, y él es un testigo de lo ocurrido con la muerte de mi campeón, quien además era un buen amigo mío.

El agente se levantó enseguida de su asiento. Quería detener al hombre que había llegado como si nada para presentarse como testigo, ¡cuál testigo! Si tenía pinta de sicario.

—Usted dirá —respondió con cautela.

—Primero —intervino doña Susana—, permítame reconocer el cadáver de mi esposo.

—Por aquí.

La identificación se hizo inmediatamente. Ahí estaba Lupe, inmóvil en una cama de morgue con el número 237 pendiendo de lo que quedaba de su pie derecho.

—Esa es Ana —dijo el chofer que parecía un perro al ver su cuerpo desbaratado como una granada abierta.

—¿Y ese de allá? —le preguntó el agente.

—Serán los restos del Cachetes, por la ropa —confirmó—. Pero de ese asesinato ya hace mucho.

Juan Velarde observó la escena en la que participaba como si estuviera dentro de un cuento de Edgar Allan Poe. Meditaba en las implicaciones que el homicidio tendría en el boxeo y en todas esas cosas de las que tanto se hablaba: las apuestas, los patrocinios, las mafias, Las Vegas, y prefirió aguardar a que alguien le explicara la situación —evidentemente grave— con más detalle antes de meter la pata.

—Le va a llamar el presidente de la Comisión Internacional de Box —anunció Sergio.

—¿Y qué he de esperar?

—Don Checo Leimann quiere ofrecerle una buena cantidad de dinero para que nada de esto se sepa. Lupe morirá en un accidente automovilístico hoy, ahora mismo está en una autopista manejando a exceso de velocidad.

—El comandante Aguilar también se dio cuenta de que el cadáver era de Lupe Quezada.

—De él no se preocupe —interrumpió el chofer, que todavía tenía la voz lastimada por la mortificación de ver hasta dónde había llegado su lealtad.

—¿Y qué hago con el testigo? —señaló al chofer.

—Nada, pues qué chingados pensaba hacer —lo encaró—, yo vine aquí para decirle a usted lo que pasó y que amarremos bien la historia para que no se salga ni un pinche hilito.

—Entiendo.

—¿Qué dice, colabora?

Susana contemplaba el cadáver extraviada en los dolorosos recuerdos de su amor fallido. Sergio miraba al piso intentando no oler tan de cerca el hedor de la corrupción.

Eran el chofer y el agente quienes deberían mancharse las manos en nombre de un mito llamado Lupe Quezada.

—Yo admiraba al chamaco —argumentó Velarde—. Vi el documental de su vida, supe de dónde venía. Dígame ridículo, pero creo es una inspiración para muchos morritos que viven en la vil pobreza. Me dolería que su nombre apareciera al lado de mafiosos y narcos, con perdón de los presentes. Si acepto es por todo lo que representa, nada más.

—Le agradezco mucho su colaboración, agente. Será bien recompensado.

—Sí, claro —suspiró pensando en Lupe y en lo que habría hecho para merecer semejante final—. ¿Le puedo preguntar algo?

—Claro que sí, agente.

—¿Qué clase de animal atacó al occiso?

—A Lupe lo hirió una bala y lo remató un lobo. Ya ve, son las cosas que pasan cuando se anda por el cerro sin miedo a la oscuridad.

—En una de esas alguien quiso cazar al animal y terminó disparándole al lobo equivocado —comentó cínico el agente.

—Pos sí, puede ser. Pinche agente, ya nos vamos entendiendo.

—Por favor, ya vámonos —rogó Sergio al chofer con la intención de calmar los ánimos.

—Aguante tantito, Sergio. Dele chance a la viudita de que se despida.

—Estaré en mi oficina. Pueden llevarse el cuerpo cuando lo dispongan. Yo ya me lavé las manos. Con permiso —se despidió el agente Velarde.

"Así te quería ver, mi amor, descansando tranquilito, con esa cara de paz que te has de llevar al crematorio, ¿con que esa era tu amante? Ay mi Lupe, qué pocos escrúpulos tuviste, mira que cogerte a la mujer de Aníbal, ¿pues qué creías que te iba a perdonar? Los machos no perdonan ningún atentado contra su hombría, sobre toda cuando esta es pequeña como el pito del Morocho, que si lo sabré yo.

Y me pregunto: para qué tanto entrenar, para qué tanto madrazo, ¿para acabar aquí deshecho por pendejo? Todo por una vieja que, ya me contaron, ni siquiera estaba tan buena. En fin, allá tú y tus gustos. No te preocupes por Diana ni por Teresita que a ellas las voy a cuidar yo. Te cuento que tu hermana vive con nosotras y está muy contenta, es una buena tía. No quiso venir, sigue siendo igual de blandengue, está llore y llore, medicándose con no sé cuánta pastilla. Teresita no pregunta por ti. Tampoco te tienes que preocupar por eso, yo le diré que su papá fue muy bueno y que gracias a él tenemos casa, techo y comida calientita. Por cierto, he pensado que voy a comprar el Lola, donde nos conocimos, ¿ves? Sigo siendo una romántica incurable. No mi amor, no te guardo rencor, para que haya un ganador tiene que haber un perdedor. Así es el boxeo y hoy me tocó ganarte por nocaut".

—Susana, ya vámonos. Tenemos que preparar todo —le dijo Sergio para acabar de una vez con aquella burla.

60

LUTO EN EL MUNDO DEL BOXEO:
MUERE LUPE *EL LOBO* QUEZADA EN ACCIDENTE AUTOMO-
VILÍSTICO

TIJUANA, B. C. En un aparatoso accidente carretero, murió esta madrugada el campeón mundial de boxeo Guadalupe *el Lobo* Quezada cuando viajaba a la ciudad de San Diego en Estados Unidos.

El incidente se registró a las 4:30 de la mañana, cuando el boxeador se dirigía a la casa que tiene en dicha ciudad a la espera del vuelo que lo llevaría, junto con su equipo, a la ciudad de Las Vegas donde pelearía su primer defensa del título mundial.

Los primeros peritajes establecen que un tráiler invadió el carril de circulación contrario, lo que derivó en una fuerte colisión, puesto que el occiso, además, circulaba a exceso de velocidad.

El pugilista, que debutó en el boxeo profesional a sus dieciocho años, tenía un récord de 26-0—0 (23 ko) y se coronó campeón del mundo de los pesos superwélter cuando derrotó a Óscar *la Sombra* Jiménez con un brutal nocaut.

Don José *el Morita* Mora, primer entrenador en su carrera, lamentó lo ocurrido: "era un gran pugilista, muy disciplinado y entregado al boxeo. Quería mucho a su afición y hacía todo para dar lo mejor".

Por su parte, Sergio García, quien fuera su entrenador y amigo, declaró: "Nadie lo esperaba, fue terrible enterarse. Yo me encontraba en casa cuando me llamó la policía. Lupe siempre fue muy reservado, pocos éramos sus amigos aunque mucha gente lo quería porque era un muchacho sencillo y de gran corazón", lamentó.

El presidente de la Comisión de Box anunció que se harán una serie de homenajes para conmemorar lo que dijo "fue la vida de un joven ídolo" que entregó su alma en el ring. "Lupe reivindicó el boxeo y no vamos a olvidar su legado", puntualizó.

61

El centro deportivo de la Ciudad de México recibió las cenizas de Lupe, donde se realizó el último homenaje al pugilista fallecido.

Celebridades, boxeadores, empresarios y políticos se dieron cita para despedirse. Muchos de ellos ni siquiera lo conocieron en persona. Don Checo estaba ahí junto a doña Susana, Teresita y Diana con sus ojos de conejo asustado.

El homenaje, transmitido en televisión, resonaba en la habitación del Morocho que no había salido en días. Ni la coca, ni la mota, ni las bebidas energéticas mezcladas con licor lograban hacerlo sentir mejor. Le dio por culpar a Ana. De nada le servía. Él había jugado a ser Dios. De haber querido, le hubiera perdonado la vida de nuevo a Lupe y eso era lo que más le atormentaba. Nada le costaba. La escena final de los cadáveres devorados por el lobo hambriento era un tormento que no podía arrancarse de la memoria. Tendría que aprender a vivir con el alma en carne viva.

El Morocho estaba muerto de tanto llorar por el hijo arrojado al sacrificio sin saber que en realidad había asesinado a dos.

62

Corrido del Lobo

El más bravo de la banda
poderoso en la batalla
desde niño un luchador
entre los grandes el mejor.

Se llama Lupe el gran lobo
y con respeto lo nombro
es campeón entre campeones
le ha ganado a los mejores.

En la pobreza se hizo hombre
con esfuerzo forjó un nombre
Es Lupe el Lobo Quezada
el jefe de la manada.

En un accidente murió el campeón
era muy joven el boxeador
el ídolo de la banda
que siempre en el ring se fajó.

63

Sergio le entregó a doña Susana una urna con cenizas y arena para que hiciera su escenificación frente a los periodistas en el cementerio de Tijuana. El cuerpo de Ana fue incinerado y depositado en la misma urna donde reposaban las cenizas de Lupe. La llevó a la casa de Coyoacán donde montó un altar con sus guantes de box, una foto de la noche del campeonato y el jorongo que Ana había olvidado en Temoaya.

Por aquel entonces, Aníbal Palermo decidió que era tiempo de conocer Buenos Aires como siempre había soñado. Viajó a la capital argentina con el beneplácito del Señor; en esas condiciones no le servía a la organización que ya había conseguido un reemplazo: el chofer que parecía un perro fue ascendido.

Dos pastillas para dormir profundo hicieron que dejara de sentir el cuerpo durante las doce horas que duró el vuelo.

Su madre lo esperaba en el aeropuerto de la capital argentina. Lo abrazó con fuerza, con el ansia de quien siente el corazón por fin completo.

El Morocho, tras sus lentes dorados de aviador, escondía inútilmente el dolor y las lágrimas que su madre secó con sus manos arrugadas.

—Anda ya, mi Morocho, todo va a estar bien.

—Madre, no me digas así. Aníbal, dime Aníbal.

—Hijo, estoy muy feliz de que estés a mi lado. Por fin te decidiste a dejar todo atrás.

—Por fin, madre. Aquí me tienes.

—Vamos a casa, hijo. Te va a gustar vivir en Buenos Aires.

—Madre, llévame antes a una iglesia —dijo obligándose a hablar sin su voseo forzado.

—¿Qué buscas?

—La expiación, qué se yo.

AGRADECIMIENTOS

LOBO NO ES MI LIBRO. Es el compendio de muchas historias, personajes y circunstancias que, a lo largo de diez años, se terminaron encontrando en la cabeza de ésta que hoy escribe, es por eso que considero injusto llevarme todo el crédito.

Quiero empezar por mi hogar. A mi hija Amélie y a mi esposo Ömer por su inagotable paciencia. Gracias por las veces que me prepararon un café sin haberlo pedido o por la música clásica que encendieron para avivar la inspiración… ¡claro que noté esos detalles! Los amo.

Gracias también a mi madre, Concepción Rubín, primera lectora de esta historia cuando apenas estaba viviendo un fragmento de ella. ¿Ves? Al final algo imperecedero surgió del miedo momentáneo.

A mi hermano Ricardo y a todos mis amigos y colegas que directa o indirectamente participaron en la configuración de esta historia: Brigitte Lindig, Laura Bagatella, Cristina Ortiz, Adriana López-Labourdette, Martín Hernández, Diana Hernández, Rafael Quiróz, Manuel Alonso, Itandehui

Rodríguez, Víctor Morán, Marco Ramos, Irma Galindo, y a quienes inspiraron los personajes que en esta obra se llaman Aníbal, Lupe, don José, don Checo, Celeste y Diana.

Agradezco muy en especial a Liliana Blum por sus todos sus consejos y a Pedro Ángel Palou por animarme a tocar.

Lobo
terminó de imprimirse en 2022
en los talleres de Litográfica Ingramex, S.A. de C.V.,
Centeno 162-1, colonia Granjas Esmeralda,
alcaldía Iztapalapa, 09810, Ciudad de México.